Shū & Yūta

「夢のころ、夢の町で。」

夢のころ、夢の町で。

毎日晴天！11

菅野 彰

キャラ文庫

この作品はフィクションです。
実在の人物・団体・事件などにはいっさい関係ありません。

目次

夢のころ、夢の町で。

口絵・本文イラスト／二宮悦巳

今はまだ

「どしたのこれ……」

居間の戸を開け、少しだけらしくなく顔を顰《しか》めて、いや存分に嫌そうに、部屋の真ん中で皆が蟻のように集っている代物に呟《つぶや》いたのは次男明信《あきのぶ》だった。

「大河《たいが》兄が物置から出したの」

幸せそうに末弟真弓《まゆみ》がぬくぬくと懐《なつ》いているそれは、古い大きなコタツだ。

「なーつかしいよなー。ずっとうち冬コタツ出してなかったもんなあ、捨てたんだと思ってたよ。見ろこれ、オレがガキのころ貼《は》ってお母ちゃんにめちゃめちゃ怒られたウルトラマンシール」

同じく暑がりのくせに酷《ひど》く楽しそうにコタツに入って丈《じょう》が、今では見かけない朱赤の天板の剝《は》がし残されたシールを指さす。

「コタツないんやと思うてた。この家」

「僕も」

今日は朝から格別に寒い日でよほど嬉《うれ》しいのか、勇太《ゆうた》も秀《しゅう》も身を縮めて並んでコタツに入っていた。

師走《しわす》を目前にした日曜の朝、皆、ただコタツに入っていることを楽しんでいるだけで他に何をするでもない。

「今日お鍋にしようか。コタツで」

「お！　いいねえ。オレ豚キムチ」

「えー、キムチやだ。最後に一人でキムチにしてよ丈兄」

「一人でやったら鍋じゃねえだろ」

「俺はキムチやったら鶏がええな……」

最近秀が揃《そろ》えて仕立てた半纏《はんてん》を着た四人が、もう夕飯の話をして頭を突き合わせた。

「……そうじゃなくて」

やはり同じ半纏を着た明信は本を読んでいたら寝るのが朝になってしまって、珍しくこの騒がしい日曜の朝に出遅れたのだ。

外犬のバースは、コタツに集う人々が楽しそうで羨《うらや》ましく、窓ガラスに鼻を擦《す》り寄せている。

コタツから離れない人々に問いかけても仕方がないと悟って、明信はその場を駆け出した。

「大河兄、大河兄！　なんでコタツなんか出したの!?」

さらに珍しいことに次男は、戦慄《わなな》く青ざめた唇で大きな声をたてて、豆腐屋と隣接している物置から気配のする兄を探す。

「何怒ってんだろ、明ちゃん」

きょとんとして真弓が呟いたが、もうコタツと一体になってしまった体は決してそこから離れようとはしなかった。

「大河兄！　約束したじゃない、コタツはもう出さないって!!」

「……ああ？」

やはり半纏を着たジャージ姿の大河が、物置で何かを探しながら振り返らずに、大河の部屋から身を乗り出している明信に返事だけ寄越《よこ》す。

「俺出してねえぞ。そこに……」

言いながら面倒臭そうに髪も髭《ひげ》も伸び切った大河が振り返ると、壁に立て掛けてあった筈《はず》のコタツはなかった。

「あれ？　どこ行った……？」

「あれほど言ったじゃない。コタツ出すと際限なく散らかるし皆だらしなくなるし、生乾きのものなんでも突っ込むし掃除は大変だし！　たまにコタツ上げるとコタツの下からスルメだのミカンの皮だの出て来て……っ」

「……泣くことねえだろ。俺じゃねえよ、丈か真弓が勝手に持ってったんだって」

両親亡き後の、コタツのあった二冬がトラウマになっている明信が窓に縋《すが》って咽《むせ》ぶのに、大河が頭を掻《か》く。

「まあ、あいつらだってもうガキじゃねえんだから。そんな大層なことにはなんねえよ」

実は大河の方も、その二年目の冬に生まれて初めて明信が起こした子どもそのものの癇癪《かんしゃく》がトラウマになっていて、怯《おび》えながら身を引く。

掃除の仕方もよくわからない子どもだけの部屋にコタツは凶悪な存在で、二年目の冬の終わりに異臭がすると言って明信がコタツを上げると一月言い続け、誰も聞かないので一人で片付けようとして次男は見てはならないものを沢山目にしたのだ。

「もう居間はカオス化してたよ！　捨てようと思ってたカビた布団掛けてたし、コタツの周りに服やマンガや新聞の輪ができてた。あれが際限なく積もってくのに、出して何時間もしないであんな……っ」

「お、落ち着け明信。今は秀だっているし」

「秀さん暑いのは平気だけど寒がりなんだ。もうコタツと一体化してたよ！　僕もうあんなもの二度と見たくないのに!!」

「何を見たんだよおまえ……」

やれやれと溜息《ためいき》をついて、大河は物置から段ボールをもう一つ取り出す。

「……ところで何してんの、大河兄。まさかその四次元空間片付けようとしてるの？」

「顔でも洗って目え覚まして来いよ……おまえ」

窓枠から顔を上げて眼鏡を掛け直し、新たな疑惑に戦慄いた明信に、大河は疲れ果てて溜息をついた。

「捜し物してんだよ。ついでにいらねえもん捨てようとは思ってっけど。だいたいこの物置、こないだゲイラカイト出したぐれえで、ほとんど開けてねえからな」

「つまりはいらないものしか入ってないってことだよね……僕も手伝うよ」

「いいって、起きたばっかりなんだろが。おい、明信！」

これ以上騒がれてはかなわないと大河は止めたが、これ以上封印した何かを出されてはかなわないと、明信が聞かずに運動靴を履いて玄関から出直す。

「……大河兄は捜し物しててよ。僕捨てるもの分ける。てゆうか、全部捨てても良さそうだよね。十年以上いらなかったものでしょ、これ」

もう半分ほどのものを外に出してしまった大河に、うんざりとそれを見上げて明信は尋ねた。

「そうだよなあ」

「見ないで捨ててもいいんじゃない？」

「親父やお袋の感動的な遺品が入ってたらどうすんだよ」

「何、感動的な遺品って」

「映画とかドラマとか見てると、よく出て来んだろ。両親が俺たちに遺したなんかこう、メッセージとか書かれた素晴らしいもんが。そういう箱から」

「ここに入ってるもの全部僕たちのものだよ多分……」

「なんでわかる、そんなこと」

「だってお母さんすごく整理上手で、お父さんとお母さんの遺品は全部、今大河兄が使ってる部屋の天袋にきちんとしまわれてるよ。僕覚えてるもん。男六人でちっとも片付かないってこの物置買って、僕たちの使わなくなったものお母さんがここにしまい始めたのが亡くなる前の年」

長女を母親が男六人の中に入れてしまったことに関しては、長男も次男も引っ掛かりは何も感じない。散らかすばかりの姉だった。

「よく覚えてんな、そんなこと」

「僕しか手伝わなかったから僕だけの夏休みの思い出です。大河兄と丈は二人でプールに逃げた。真弓はちっちゃくて手伝おうとして散らかしてた。志麻《しま》姉は確か鑑別所で、お父さんは家裁に通ってた」

「そ……そっか。ええと。じゃあ」

「片端から分別していいよね」

「待て、その箱は駄目だ」

中ほどに積まれている己の名前が書かれた箱を、慌てて大河が指さす。

「何が入ってるの?」

「やめろっ、開けるな!」

さっと開けようとした明信を大河は止めようとしたが、間に合わなかった。

中からは子どものころ大河が執念で収集した、アポロ11号に関する記事や、嫌みなほど綿密に作られたプラモデルがきちんと詰められている。

「大河兄……」

「これは駄目だ！　これ全部集めるのに俺がどれだけ苦労したと思ってんだ」

箱を背に頑張る長兄に、気持ちはわからないでもないながら溜息をついて、明信は次の箱に手を掛けた。

「じゃあ、この志麻姉の名前が書かれた箱はどうかな」

「やめろ。開けただけで殺されるぞ」

「言ってみただけだよ……僕も。あ、丈の箱がいっぱいある」

「それはもう見た。あいつが見つける前に捨てちまえ」

「何が入ってんの？」

「……見ねえ方がいいぞ。ったくお袋も、律義にそんなもんまで詰めてやって。捨てたら大暴れすると思ったんだろうけどよ。もう忘れてんだろ」

「あ」

一方居間では、もうコタツの一部になりながら、物置の方から明信が大河に訴える声が響くのに、丈が声を漏《も》らした。

コタツをすかさず運んで来た犯人は丈で、真弓と勇太と三人であっと言う間に組み立てたのだ。そこから一時間、台所を終えた秀と四人でコタツから一秒も出ていない。

「思い出した。コタツ封印したの明ちゃんだ」

「なんで?」

丈も真弓も顔を天板に押しつけて、完全に体がだれ切っていた。

「まゆたんちっちゃかったから覚えてないんだろー。明ちゃんが、一生に一回ぐらいの癇癪起こしてよ。そんで……姉貴も兄貴もビビッちゃって、皆で片付けたんだよ。もう二度と出さないっつって。オレ恐怖のあまり忘れてた」

「一生に一回の癇癪って、留学のときのとは違うの?」

「あれは悲しかっただろ。コタツのときは怖かったんだよ、マジで。明ちゃんが怖かったんだぞ?」

「……そないなことあったら真弓かて覚えてそうなもんやけど」

決して想像のつかない明信の様子に、勇太が信じられないと目を開く。

「真弓も記憶封印したのかも。今ぶるって、寒気した」

一瞬蘇《よみがえ》りそうになった記憶に、真弓はまた首を振って蓋《ふた》をした。

「なんで明ちゃんが癇癪なんか起こしたの?」

勇太と同じく想像もできずに、秀が尋ねる。

「コタツあると散らかるっつってさあ。みんなコタツに入って出ねえし。そんで明ちゃんがコタツ上げて掃除しないとって言ってんのに誰も聞かなくて、冬の終わりに明ちゃんが一人で上げたんだよね……そしたらさ、見てはならない光景が広がってたらしくて」

「そんな……」

呟きながらそこまではと秀は辺りを見回したが、わずか一時間でコタツの周りには、それぞれの手の届くところに必要なものが無造作に置かれて円を描いていた。

このままここで夕飯となると、食べこぼしやしまわれ損なったものがどうなるか考えただけでも恐ろしい。

「明ちゃんは正しいよ。し、しまおうか。コタツ」

「ヤダ」

「いやや」

「う……オレもやだ」

コタツにしがみついて、三人はもう決して放さないと首を振った。

「僕も寒がりだから、本当は片付けたくないけど……でも……」

「大丈夫！　今度は片付けっから！」

「真弓もっ、出したものはしまうよ!!」

言いながら丈と真弓は、自分のマンガや参考書を、コタツの中に隠した。

「やっぱりこれ危険物だよ……」

明信が見た光景を自分が見る羽目になるかもしれないと、秀が震える。

「俺らも京都《きょうと》でちっこいコタツつこうとったけど、そないなことにはならんかったで」

「二人でしょ？　しかも一人は秀じゃん。うちはお姉ちゃんと大河兄と丈兄が……冷えたスルメあっためようとして忘れたり、洗ってない靴下中で脱いだまま忘れたり」

「まゆたんだって嫌いな食べ物ないないしたり、猫何匹も拾って来てコタツに隠そうとしたりしただろ」

「し、しまおうよ。これ」

凍りついて言いながらも秀は、コタツから出はしなかった。

「けどなんや、懐かしいな。コタツ」

ふと、本当に懐かしそうに笑んで、勇太が天板に頬《ほお》を寄せる。

「……そうだね。飯台になるコタツと、石油ストーブぐらいしかなかったもんねえ。僕たちの部屋」

「石油ストーブとコタツ？」

両方はいらないだろうというように、実は別に寒がりではない丈が目を丸くした。

「寒いんや。京都の冬、雪降るしな」

「隙間《すきま》だらけの古い町屋を借りて住んでたから。コタツを買ったのは後からだったね。ストーブだけじゃいられなくて」

「あれ？　アパートじゃなかったっけ？」

「アパートにもいたけど、一番長く住んだのは町屋だったんだよ。でも古いし、一階に一部屋と土間と台所で、二階に一部屋の学生に貸す町屋でね」

「へえ、いいなあ。京都の町屋。風情があるよね」

初めて聞く話に、羨ましそうに真弓が身を乗り出す。

「あほ。住めたもんやないから学生に貸しとるんやないか」

「まあ、そういうこと。町屋を残すためにね、京都市内の学生に貸してたのを、僕が教授に言われて借りてて。そこに二人で住んだの」

「……ふうん」

話を終えた秀はまだ待っている風情の真弓に、困って首を傾《かし》げた。

「それだけだよ」

「もっと聞きたい。京都の話」

「なんもないわ、話すようなこと」

「勇太かわいかった？　子どものころ」

「そりゃあ、もちろんかわいかったよ」

「嘘《うそ》だ。こいつがかわいいわけねえだろ」

真顔で真弓に答えた秀に、横合いから丈が口を挟《はさ》む。

「おまえにだけは言われたないわ！」

いつもならここでプロレス、というところなのだが、勇太も丈もコタツから出たくはなくて、コタツの中で足を伸ばして蹴《け》り合った。

「いたっ。もーっ、やめてよ二人とも!」

巻き添えを食らった真弓がやめろと言いながら参戦して、コタツの中は大混戦になる。

「……もう。日曜なんだから皆何処《どこ》か出掛けたら? あれ、明ちゃん中々戻ってこないね。朝ごはんまだなのに。まさか大河と大ゲンカなんてことないよね」

少し端に避けて、小学生が夏休みを迎えてしまって疲れた母親のような気持ちになりながら、ふと秀は明信が帰らないことに気づいた。

「そういえば……なんか、いやな予感。明ちゃん物置のもの捨てようとしてんじゃねえだろうな」

唐突に物置の中身が不安になって、すっくと丈が立ち上がる。

「何が入ってるん」

「子どものころのもの……マンガとかおもちゃとか。真弓も行く!」

丈と真弓がどたどたと、玄関に向かった。

「見物にいこか」

「そうだね」

急に居間は静かになったが、十年も物を放り込まれ続けた物置に勇太も秀も興味が湧《わ》いて、後に続く。

　二人が、バースがいるのと反対側の庭に出たときには、もう物置の前は大騒ぎになっていた。

「だめっ！　絶対だめ!!　捨てたらオレ泣くかんな明ちゃんっ」

「だって……いくらなんでもそれはいらないでしょう？」

「だから気がつかれねえうちにそっと捨てろって言ったんだよ俺は……」

「ああっ、なんだよ兄貴！　自分の箱だけしっかり分けやがって!!」

「俺のものは地球規模の文化的記念物だ。だけどおまえのもんはほとんどゴミみたいなもんだろ、もう一回集めりゃいいだろうが」

「ゴミはねえだろっ」

「何が入ってんねん」

　揉《も》め事の真ん中に置かれている丈の箱を覗《のぞ》き込んで、勇太が溜息をつく。

「なに？」

「……見ん方がええで。よう集めたわこないな都会で」

「え……？　うわっ」

　止められたのに箱を覗いた秀が、段ボールいっぱいの干からびた蟬《せみ》の抜け殻に息を飲んだ。

「捨てると丈がいつか怒ると思ってしまってくれたんだろうけど……お母さんが捨ててくれれば良かったのに。ねえじゃあ丈、こっちのちっちゃいおもちゃみたいなのは？」

「それは浅草《あさくさ》まで歩いてって集めたんだよ！　ガチャガチャで。絶対駄目だ!!　あ、明ちゃんこそ……これ全部本だろ？　ガキのころ読んでたやつだろ？　捨てても……」

「何度でも読むの。特に子どものころ読んだ本は」

この答えが返って来るのを家族はよく知っているので、一応言ってみた丈の声も弱かったのだ。

「十年読んでなかったんだったら、もう読まないいんじゃん？」

「十年読んでなかったんだから、きっとすごく楽しく読める。まゆたんこそ、これ、いくらなんでもいらないよね」

「え……？」

お鉢が回って来て真弓が、丁度検分していた自分の箱を慌てて背に回す。

「なんやこの縫いぐるみの山は。男の持ちもんかいな、ほってまえほってまえ」

「でっ、でも！」

「十年しまっといたんやろが」

「これは違うよ！　高校生になるときに大河兄が、クマの縫いぐるみ一個にしとけってしまっちゃったの!!　泣いたんだから俺……こんなとこに閉じ込めてごめんねーっ」

泣く泣く別れさせられた子どものころ志麻に買い与えられた縫いぐるみたちと再会して、愛《いと》しさが込み上げて真弓はそれを箱から出そうとした。

「待ってまゆたん！　出すのはなしにして。捨てないにしても」

「捨てるなんてよくそんなこと言えるね明ちゃん‼」

「あかんわこれは……」

喧々囂々《けんけんごうごう》と揉め始めた兄弟たちに、結局これはこのまままた四次元と家族に呼ばれていた物置に戻るのかと、勇太が呆《あき》れ返る。

「物が多いねえ、兄弟五人だもんね。志麻さんの箱まである。何が入ってるんだろ」

「……姉ちゃんおらんのやから、それ箱ごとほってまえば？」

微笑《ほほえ》ましく笑った秀が見つけた志麻の箱を、勇太が何げなく足先で蹴った。

途端、兄弟たちが凍りつく。傍らで秀も小さく凍っていた。

「な、なんや。どないしたんそないな強ばった顔して」

「おまえが死んでくれるのか。俺たちの代わりに」

引きつりながら、真顔で大河が勇太に尋ねる。

「それじゃ済まねって。絶対オレたちもまとめて殺されるっつうの」

「……真弓殺されないことはわかってる。でも一人で生き残りたくなんかない」

「僕はどうなるんだろう……ああ、想像のつかない闇が我が家に」

「僕は勇太をここに連れて来たかどで殺されるのかな……」

「せやからどないな女やねん！」

皆の反応についていけず勇太が勢い箱を蹴ると、口の甘かった段ボールが開いて倒れた。中から、血の染みの付いた白い特攻服と、警棒が転がり出る。

「うわっ」

「何しやがんだ勇太！」

「しまって！　勇太くん早くしまって!!」

「うえーん！　お姉ちゃんの箱がーっ、殺されるみんな殺されるよー!!」

「こ、これテレビで見たね。愛燦々《さんさん》……すごい刺繍《ししゅう》」

狂乱する兄弟たちに慌てて、秀が志麻のものを箱にしまい直した。

勇太は勇太で、箱から転がり出た物のインパクトに息を飲んでいる。

「……秀、おまえ」

溜息をついて勇太は、煙草《たばこ》が吸いたくなって無意識にポケットを探った。

「この女と本気で、結婚しようとしとったよな。二年前」

不意に、既にタブーとなりつつある過去を口にした勇太に、兄弟たちが息を飲む。

「うん」

けろりと、秀は頷《うなず》いた。

「今んなって、俺はめっちゃ納得がいかんようになってきたで。ほんまに本気やったんか。このアマと」

「こ……このアマとか言うな」

庇《かば》い切れないものを感じながらも、一応丈が姉を庇う。

「この血まみれの特攻服着とった女と、まともな結婚生活送れる思てたんか。覚えてるで、俺。おまえ言いよったよな」

「なんて？」

暗く凄《すご》む勇太に、きょとんと尋ねたのは真弓だ。

「……きっと勇太の、いいお母さんになってくれるよ。て。のうのうと。俺全然ちゃうもん想像してたで！　愛燦々て背中にしょったおかんなんて冗談やないわ‼」

「秀……おまえ、よくもそんなことを。勇太に悪ぃと思わなかったのか。人の心はねえのかよ⁉」

「い……いい姉貴だったよ。でもな。オレにも言えねえ、そんな台詞《せりふ》」

「お姉ちゃんが勇太のお母さん……いい、お母さん……？」

「でも……秀さんそういうつもりだったっていうことですよね」

勇太の口から打ち明けられた恐ろしい台詞に、兄弟たちも驚愕《きょうがく》を露《あらわ》にする。

「うん。だって、気が合うと思ったんだよ。なんていうの？　僕はそのときは本当に志麻さんと結婚する気だったけど、決め手は勇太のいいお母さんになってくれるかどうかってことで」

「イミがわからんわっ」

「ほら、僕には叱《しか》り切れないところを志麻さんならきっとうまく……ねえ?」

本気でそう信じていた秀は大河に同意を求めたが、想像だけで大河は凍りついて首を振った。

「何ボケたこと抜かしてんだおまえ!　特にあのまま志麻姉がいて真弓が勇太と……なんてことになったら。ある日音もなく勇太がいなくなるぞ‼」

「……そ、そういうことがあったんか……?」

「いや、ないけど。でも志麻姉の真弓への愛情は度を越してたから。想像もつかないことが起こったとは思う、僕も。志麻姉が現実に起こしたことの先って言ったら、もう大河兄が言ったことぐらいしか」

言いながら明信は、ふと龍《りゅう》の命が無闇矢鱈《むやみやたら》に不安になって、このまま二人で町から消えるべきかとまで思い詰めた。だがそんなことをしたら志麻なら地の果てまでも追うだろう。

「……ちゅうか、それ。あのままとか、起こったかもとかやのうて。これから起こることなんちゃうの⁉　そのうち帰って来るんやろ?　俺いややで音ものうおらんようになるなんてそんなん!」

「おまえは自分がいなくなる音を聞くことになるだろ。聞けないのはオレたち……」

仮定法過去ではなく、未来に起こり得ることだと知らされて、皆一様にその予測のつかない惨劇《さんげき》の日に俯《うつむ》いた。

「いくらなんでもそんな。みんな考え過ぎだよ」

志麻と三回しか会っていない秀は無理に口を開いたが、三回しか会っていなくても笑顔がセメントで固めたように動かなくなる。

「どうしよう勇太……どうしよう……」

真弓は震えて顔を覆い、半泣きになった。

「それは俺の台詞や！　どないしてくれんねん秀っ、俺命のカウントダウン始まってしもたがな!!」

「ぼ……僕だってまさかこんなことになるとは……。勇太にはいいお母さんができて、親戚も一度に増えるし。大河とも一緒に暮らせて、いいことばっかりだって思って」

「もともと秀はなんでも認識が間違ってるからな。まあ……殺させやしねえよ、俺たちも。我が家から殺人犯出したくねえ。亡き父母のためにも。それだけはお願いって、ずっと言ってたからな。お袋」

「……死体出えへんかったら殺人事件にならへんのやで。音ものうおらんようになるて、そういうことなんやろ。なあ」

訴えた勇太に、今は大河も、誰も言えることがなく、目を逸《そ》らしてまた物置の検分に入る。

「おい！　なんか言えやおまえらっ」

「大丈夫だよ勇太。志麻さんもそこまではしないよ……多分もしかしたらきっと。願わくば叶《かな》うなら」

一番当てにならない人に肩を叩《たた》かれて、勇太は先の短さを一人嘆くしかなかった。

「限りある日々を、大切にしよ？　勇太」

涙を拭《ぬぐ》って、真弓が勇太の腕に絡まる。

「おまえに命かけなあかんのか、俺。そんな話は最初にせえや！」

「なにそれ！　命かける気ないってこと!?」

「おまえは俺が姉貴に殺されてもええんか!?」

もはや勇太も志麻の人間像がはっきりと刻まれて、恋人たちは軒先で大ゲンカを始めた。

ご近所様はそれを全《すべ》て聞きながら、勇太の尊い命の儚《はかな》さに手を合わせていたりする。

「……お、懐かしいもんが出て来たな。ここにあったのか」

「うわっ、古いなー。骨董《こっとう》屋に売れるんじゃねえのそれ」

大河と丈はもうその未来からは目を逸らして、「大河」と書かれた箱から出て来た一眼レフに目を見張った。

「三脚もある。それお父さんのだよね、確か」

何度か家族写真を撮った記憶が蘇って、明信もカメラを覗き込む。

「親父が新しいのを買ったんで俺にくれたんだ。だけど扱い切れなくてな。大人んなったら使えばいいって、お袋がしまっちまったんだ」

今ならきっと使えると、きれいに掃除されて丁寧に包まれていたカメラのファインダーを、大河は覗いた。

「新しい方のカメラは？」

何げなく、丈が尋ねる。

「……お袋と親父と、一緒にな」

小さく大河が苦笑するのに、皆は珍しくしんみりと、父母のことを思った。

「写真、撮るか」

そんな空気をかき消すように、不意に、大河が大きな声で皆に言う。

「なんの？」

意味がわからず聞いたのは明信だ。

「全員で、写真だよ。昔親父、年に一回は縁側で全員で写真撮ってただろ。三脚立てて」

「ああ……そうだったね。懐かしい。ちょっと照れ臭くて、やだったな。あれ」

「オレも。でも絶対その日はいろって親父言うから」

「ふうん。それで年に一枚だけ、みんなで写ってる写真があるんだ」

「親父が、自分の写ってる写真がねえって気づくんだよ。年末に写真整理してると。……そんで正月に撮るんだ」

カメラが使えるか確かめながら、大河が秀と勇太を振り返る。

「全員で写ってる写真一枚もねえよな、確か」

ふと二人が、手持ち無沙汰《ぶさた》にしているのに大河は気づいたのだ。

「大河がいつも写ってないよ」

板室《いたむろ》に行った時や花見のときにいたずらに撮ったりはしたけれど、みな好きな方を向いていてしかも大河が写真にいないことを、秀は密かに少し気にしていた。

「俺ええわ、そんなん。うっといもん」

「いいから！　おまえがいるうちに撮っとかねえと、明日志麻姉が帰って来たらどうすんだよ」

「縁起でもないこと言うなアホ！」

「……でもなんか、全員で写真とか撮ると一人死んだりしそうじゃねえ？」

「ちょっと丈の言うのもわかる。ましてや勇太くんが危険なのに……」

縁起でもない空気が立ち込めて、カメラを囲んでシンとする。

「えー、撮ろうよ。勇太が五体満足のうちにさあ」

「なんなら僕が撮るよ。大河、お父さんと同じことになってるじゃない。アルバムにいないよ？」

縁起をあまり気にしない真弓と秀が、大河に賛成の手を上げた。

「お、おまえらな……」

「死なない死なない。大丈夫だって」

戦慄いた勇太に真弓が、まるで説得力のない声を聞かせる。

「日の出てるうちに撮るぞ。庭に回れ、みんな。俺フィルム探してくっから、絶対何処にも行くなよ」

誰の言い分も聞かず言い置いて、大河がフィルムを探しに家に入って行く。

顔を見合わせて、皆少し気が進まないように苦笑したりぼやいたりしながらそれでも庭に向かった。

庭では騒ぎを遠くに聞いていたバースが、遊んで欲しそうに動き回っている。

「あ、ごめんねおじいちゃん。混ざりたかったよねー。写真一緒に写ろうね」

屈《かが》んで真弓は、バースのリードを外した。

「窓開けて……縁側に並んで撮ったよな。座ったり立ったりして」

写真にも残っている記憶を頼りに、丈が窓を開けて準備にかかる。

「この散らかってる部屋が写るじゃない。そしたら」

慌てて秀は、縁側から居間に上がってコタツの周りを片付け始めた。

「だから……だから僕は言ったんだよコタツは出しちゃ駄目だって。丈なんかいくら言っても絶対コタツで寝始めるし。危ないし風邪《かぜ》ひくし」

「寝ない！　今度は絶対寝ない!!」

小言を始めた明信に耳を塞《ふさ》いで、当てにならないことを丈が誓う。

「何騒いでんだ。並べ並べ」

部屋からフィルムを見つけて来た大河はカメラにそれをセットして、三脚の位置を決め始めた。

そのすきに真弓が、触ってみたくて仕方がなかった古い大きなカメラを手に取る。

「うわ、重い。ここ回すとピントが合うんだ？　骨董品だよホント」

不便さに感嘆しながら、真弓はバースを一枚撮った。

「そんな構図つまんねえよ。貸してみ、まゆたん」

実は自分も触りたかった丈が、真弓の手元からカメラを奪う。

「なんかおもしろいカッコして、バース」

無茶な注文をしながら丈が、バースを何枚も激写した。

見慣れないものを向けられて、バースは少し怯えたようにうろうろしている。

「なんかおもしろくなってきた」

「丈兄、俺と勇太撮って。俺と勇太」

「ええて」

「いいじゃん、持ち歩いてよ写真」

「できるかいな、そないな恥ずかしい真似《まね》」

「なんだよー」

「喧嘩《けんか》を激写」

　言い合いを始めた二人を、すかさず丈が撮る。

「明ちゃんと秀も寄って」

「僕はあんまり写真は……」

「僕も実は苦手」

「いいから！」

　遠慮する二人を無理に手で寄せて、すっかり興の乗って来た丈はさらにシャッターを押そうとした。

「……おいっ、ちょっと待て丈！　そのフィルム十二枚撮りなんだよ」

「え……？　あ」

　三脚に夢中になっていた大河が気づいたときには既に遅く、丈が最後の一枚で勢い大河を写してしまう。

「おまえ……っ」

「わりっ、ゴメン！　買って来っからオレ!!」

「ったく……二十四枚撮り買って来いよ」

　ぶつぶつ言いながら二人が靴を脱いで、財布を取りに部屋に向かった。

「時間かかりそ」

「そうだね。僕もう少しここ片付けるよ、明ちゃん！」

「コタツ自体を片付けたいんだけど……。取《と》り敢《あ》えずあの段ボールもなんとかしないと」

しばらくはお開きかと、明信は物置の片付けに、秀はコタツ周りをまだ片付ける。

「おまえは勉強の続きしとったら」

そう真弓に言い置いて、ふっと、勇太の足が縁側に上がった。片付けをしている秀を横目で見ながら、廊下に出てそっと二階に上がる。

真弓と二人で使っている部屋に入って、少ない荷物を放り込んだ段ボールを勇太は天袋から出した。中には子どものころ秀に買い与えられたまま読まなかった本や、誕生日に秀がくれた少し子どもっぽいプラモデルが作られないまま入っている。着られなくなった制服や使わなくなった学生鞄《かばん》は秀が大事にしまっていることを、勇太は知っていた。

「……似たようなもんじゃん。俺たちの箱の中身と」

「うわっ。足音ぐらい立てて近づけや！」

いきなり後ろから真弓が箱の中を覗いて言うのに、勇太が慌てて箱の蓋を閉じる。

「見せてよー。さっき俺の箱見たじゃない」

手を伸ばして真弓は、強引に段ボールを開けようとした。

「やめろて。あかん。たいしたもん入ってへんし」

その手を押さえて、勇太が抗《あらが》う。

「全部秀との思い出?」

「思い出とか言うほどのもんでもないて。もうどれもいらんもんや」

「でも捨てられないんでしょ」

問われて、溜息交じりに勇太は箱を振り返った。

「なんやまだ、一つ一つ見たりできん」

苦笑して勇太は、けれど今自分がこの箱の中から取り出そうとしたものを、探した。不意に、真弓にも見せたくなって。

「……なんの、写真?」

手に取ったそれをしばらく眺めて、古ぼけた、けれど大仰な写真店の表紙の埃《ほこり》を勇太が払うのに、遠慮がちに真弓が問う。

「中学校の、入学式の日や。制服仕立てたから、写真でも撮ろかて」

「見て、いい?」

さっきまでのように見たいと騒がない真弓の過ぎた気遣いに、勇太は苦笑した。

秀と勇太の、二人きりの時間に立ち入っていいのかと、真弓は躊躇《ちゅうちょ》している。

「ええけど、俺恥ずかしいわ」

自分でそれを見るのも久しぶりで、勇太は躊躇《ためら》いながら表紙を開いた。

「……わ、勇太子ども。中学校学ランだったんだー。同じ同じ」

少し大きい制服を着て不機嫌そうにしている勇太に、真弓が見入る。

「そら子どもや。十二やもん」

幼い己を正視するのは勇太には恥ずかしかったが、勇太が見たかったのは学ランの自分ではない。

「秀も、やっぱり今より全然若いねえ。何歳なんだろ……」

「二十歳や。正式に、俺秀の養子になってすぐの写真やから、そんなんもあって撮ったんかな」

「……二十歳かあ。高校生みたいな顔してる」

「あいつと二人で写ってんのは、これ一枚きりや」

記憶にはいつも酷《ひど》く鮮明な出会ったころの秀を、無意識に、勇太の指が撫《な》でた。

「え？　どうして？」

「俺それまでの写真ほとんどないて言うたら、あいつは俺の写真よう撮っとったけど。二人で写ろうとは言わんかった」

そのころはそんなことを気にしたことはなかったけれど、こうして改めて一枚しか二人の写真がないことに気づくと、勇太には理由がわかるような気がした。

「残したなかったんやろ。どっちの手元にも」

二人でいたころは毎日がそのときそのことに懸命で、写真のないわけまでには勇太も気持ちがまわらなかった。

「長くはおられんて、思ってたんやろな」

勇太はいまさらそのことを責めるつもりはない。

「……勇太と?」

「誰とでもや」

つい最近まで、秀はそれを知らない人間だった。

「そうだったね……秀は、そんなだった」

それは勇太だけでなく、真弓も、階下にいる家族もよく知っていることだ。

「二人でいるころから気がついてたの?　勇太」

今は遠い、もの乞わぬ青年の何処か冷たく写る容貌《ようぼう》を、真弓も指先でそっと撫でる。

「言うたやろ。せやから俺、ここに来るの承諾したんや。俺一人の手には負えんて、わかってた」

「辛《つら》く……なかった?」

四年、秀と過ごした時間を勇太が幸いと思っていることに間違いがないのを真弓もわかっていたけれど、それでもそんな思いもあったのではないかと、遠慮がちに尋ねた。

目だけが酷く澄んだ青年を、長く、勇太が見つめる。

「……よう、わからん」

正直なところを、勇太は答えた。

「辛かったり」

一言で言えるような時間ではなかった。

「なんや変に、浮かれたり、しとった」

身を寄せ合うようにしていた、秀と、勇太との二人の日々は。

夢のころ、夢の町で。

思い出せる確かだったこと、それはとても少ない。

ただふと汚れた爪先《つまさき》を見ると、勇太《ゆうた》は何もかもが鮮明であるかのようにも思う。

裸足《はだし》の踵《かかと》、その爪先。

いつも立っているわけを、欲しがっていた。


「ガキがやるんやったら当たり屋や。まず疑われへんし、向こうも慌てる」

海からの湿気《しけ》る風も気にならなくなる、だんじりが終わって気の抜けてしまった九月の岸和《きしわ》田《だ》で、同い年の少年たちが学校に行っている時間にそんな話をしていたのは、六人の中で一番年も体も小さい信貴《しぎ》勇太だった。

「やるんやったらああいうんがええな。しこたま落としてくれるやろ」

古い建物がまばらに続く舗装が成っていない道端に座り込みながら勇太の目に付いたのは、場にそぐわない車でもなく、身なりのいい運転手でもなく、白いシャツの青年だった。

「なんやあいつら」

「あそこんちの遠縁のじじいが大学の先生やったんやて。じじいに他に身寄りがのうて、遺産ががっぽり入ったて港でおとんらがゆうとったで」

「そんで遺しよった本が見たいゆうて、こないだからしょっちゅう来とる。今日はおらんけど、あの若いのは使いやろ。いつもはお上品なじいさんのお供や。鬱陶《うっとう》しいから高値で売り付けたるわて、ばばあ言うとったわ」

あきらかに町に馴染《なじ》まない黒塗りのハイヤーに乗り込む連中に眉《まゆ》を顰《ひそ》めた、本来なら中学に行っていなければならない筈《はず》のヤスやトヨに、勇太が答える。

「……買《こ》うたらしいな」

白い指先に大事そうに風呂敷に包まれた本らしきものがあるのが、何故だか、余計に勇太を苛《いら》つかせた。

「あれにしよ、当たり屋稼業初日や」

何故あの指が、包みを大切そうに持って見えるのか。勇太にはわからない。

けれど同時に、裸足の自分の足が目に入った。別にいつも裸足で歩いているわけではないが、前から履いていた雪駄《せった》の鼻緒が朝切れた。海辺育ちなので裸足で歩くのにも慣れてはいたが、夏の終わりの埃《ほこり》に爪先が酷《ひど》く汚れていた。

「何ゆうとんねん、やめとけや勇太。ハイヤーの運転手は玄人《くろうと》やで、すぐばれてしまうし、あんなでかい車ほんまに当たったらどうなるかわからんで？　軽《けい》辺りで様子見てからにせいや」

「あほう。軽なんか乗っとるやつから、なんぼも取れるかいな。それに……」

どれだけ彼らがここに通い詰めていたのかを、勇太は実はよく知っていた。ハイヤーの独特なエンジン音がする度に、あの家の近くに来て老人と青年を見ていた。

わからない何かが、どうしても、勇太のカンに障った。

清潔そうな青年のシャツか、見たことのない物腰の柔らかさか。白い肌か、白い伏せられた瞼《まぶた》か。大事そうに本を抱える、人を叩《たた》いたことも叩かれたこともないのだろう、白い長い、ただ美しいだけの指がか。

その大切そうな、撓《たわ》みか。

「あれにする」

「待てて！　勇太!!」

いっそ返り血で汚してやりたいような気持ちになって、止める悪友の声も聞かず勇太は道路に駆け出した。

いつも老人の後ろで彼は瞼を伏せていたので、勇太が青年の目を見たのはそのときが初めてだった。

車に乗り上げようとした瞬間、後部座席の青年が身を乗り出して考えなしにハンドルに手を出したのだ。

運転手も勇太もそれで一瞬動きが遅れて、勇太は予定通りボンネットに乗り上げることができず、その後の記憶は見事に途絶えた。


何か、嫌な予感はしていた。

その予感通り、勇太が白い個室で目覚めたとき、心配そうに勇太《ゆうた》の顔を覗《のぞ》き込んでいたのはあの白い指をした青年だった。車ごしにはわからなかったけれど、瞳の色が不自然に薄い。

「……気が、ついた？　大丈夫」

「あいたた……っ」

「駄目だよ動いちゃ！　腕の骨に罅《ひび》が入ってるし、内臓から出血してるんだ。大事には至らなかったけど、まだ動けないよ。……本当に、ごめんね」

京都《きょうと》の人間だと思い込んでいた青年は、流暢《りゅうちょう》な標準語で喋《しゃべ》って余計に勇太を苛つかせた。

「それなりの落とし前つけてもらうで」

「もちろん……」

「ちょっと阿蘇芳《あすおう》さん！　無闇に謝らないでください。そいつは当たり屋なんですよ!!」

割って入って来たのは、運転手とは違うスーツ姿の男で、勇太にもそれが話に聞くやり手の弁護士だとわかって、もうこの仕事は終わったとふて腐れるしかなかった。

「そんなこと信じられません。こんな子どもが……っ」

「やり方をレクチャーしている大人がいるんです。子どもならばれないと思ったんでしょう。確かに酷い話ですよ。でも無闇に謝られたりすると親がごねて大金を要求されますから。……坊ず、調べれば当たり屋かどうかすぐわかることなんだ。そしたらおまえは施設行きだぞ。入りたいか、施設に」

「俺まだしょーがくせーやで」

「教授も何もわからない方でできるだけのことをなどとおっしゃっていますが、迷惑をするのはハイヤー会社の方なんです。わかりますね、阿蘇芳さん。示談を進めてますから、くれぐれも勝手な真似《まね》はしないでくださいよ」

「……はい」

他人に迷惑がかかると言われて、飲み込めない話を飲み込もうと、ぼんやりと返事をして青年が力無く椅子《いす》に腰を落とす。

「……ほんまやで。あの弁護士出て来たらもうあかんわ。ゆうとくけどなあ、あんたのせいや、あんないきなりハンドル摑《つか》んで。こないな怪我《けが》するつもりなかったんやで。タイミング外したわお陰さんで」

「……ごめんなさい。運転手さんにもすごく怒られた。でも、本当に？　誰に言われてこんなこと。親御さんは知ってるの？」

「その親だかなんだかわからんおっさんが、たまに酒代稼いでこんと俺のことどつくんや。まあ、この示談金もみんなおとんが持ってくんやろ」

「連絡……したんだけど、来ないね」

それが不思議でたまらないというように、青年は無意識にか後ろを向いた。

「見舞いになんぞ来るわけあるかいな。あとでようやったて小突かれて金毟《むし》られるだけや」

「お母さんは……？」

「……さあ。いつの間にかおらんようになった。男と駆け落ちや。別に珍し話やないやろ」

「なんて、言ったらいいかわからないけど」

「そらそうやろな。あんたには」

あははと笑って、勇太は、ふと、ずっと遠目に見ていた白い指が、自分の腕の横に置かれていることに気がついた。

無意識に怪我をした方の腕が動いて、呻《うめ》いて勇太が縮こまる。

「だ、大丈夫……!?　だから動いたらいけないって……っ」

慌てて、青年は立ち上がって勇太の頬《ほお》に触れた。

想像よりずっとさらりとした、冷えた指で、勇太が彼に触れたのはそれが一番最初だった。

「……本は」

「え？」

「届ける途中やったんやろ。どないしたん」

「これから……」

「はよ行きや」

謝りもせずに、もう一度だけただ指を目で追って、勇太は青年を追い払う。

何を思うのか名残惜しそうにもう一度勇太の痛みを摩《さす》るようにして、指は、離れて行った。

その白い指を見るのはこれが最後だろうと、何故だかそれを少し名残惜しく思っている自分にさえ、このときまだ勇太は気づきもしなかったけれど。


意外に、病院というところは居心地がいい。退屈だけれど、学校にも行かず父親だと母親が言い張った男に追い立てられる日々の中で、勇太《ゆうた》はこういう暇を持った覚えがない。

「どんぐらいごねたら、ここにしばらくおられるんやろうな」

清潔なシーツ、毎日替えられる枕カバー。薬品の臭いのする年かさの女が体を洗ってくれて、三度三度食事が出る。難を言えば夜とも言えない時間に寝ろと言われることぐらいだ。

「布団《ふとん》に毎日寝るなんか、おかんおるときでもなかったわ。ショバ変えて当たり屋続けよかな、俺」

世間知らずの大学の教授が用意したという個室からは、海辺にはない夏の終わりの緑が見える。

「……駄目だよ、そんなの絶対」

声に驚いて勇太が振り返ると、そこにはもう永遠に見ることがないだろうと疑っていなかった白い指が、似合わない重そうな荷物を抱えていた。

「おまえ……」

「聞いたよ。小学校、少しも行ってないって」

怒ったように言いながら、青年は当然のように勇太のベッドの横に腰を下ろして荷物を広げる。

「それに、今の聞こえた。当たり屋続けるなんて……今回だってタイミング間違えたって言うのに」

「それおまえのせえやんか」

「……それは、悪かったけど。でも、だから僕みたいな人が運転してたら死ぬかもしれないよ本当に」

写真

「そらそうやな……」

リアルな想像に、一瞬背が冷えて勇太はぶるっと震えた。

「ところで何しに来たんおまえ。役所やら施設に俺のこと言うたかて無理やで。おとんが全部叩き帰して、このごろでは学校の担任もこんわ。読み書きソロバンでけたら後は人に騙《だま》されんから平気やて」

「本当は何年生」

「さあ。もう一年かそこらで小学校終わるとこちゃうか。俺とつるんどるんはみんな中学生やけど、だーれも学校なんぞ行っとらん。学校行ったら金取られるけど、町ふらふらしとったらなんかしら稼げるし」

頭を抱えて、青年は勇太の言葉を理解しようとしているようだった。

畳みかけるように勇太が言ったのはわざとだ。遊びがてら見舞いに来る仲間は、揶揄《からか》い半分あの学士様と、青年を呼んでいる。おまえのこと心配やてあれこれ聞かれた、頭おかしいであれ、と皆が言っていた。

「……とにかく、当たり屋はもうしないって約束して」

大きな溜息《ためいき》をついて、青年がようやく口を開く。

「そしたらおまえが示談金代わりに小遣いくれるんか。悪いけど俺味しめてしもたわ。こんな生活生まれて初めてや」

「どういうこと？」

「さすがに腕折っとるからおとんにもどつかれん。布団で毎日眠って、三度飯が勝手に出て来よる。盗まんでもやで」

呆然《ぼうぜん》と、青年は勇太を見ていた。

「そういうんと反対なんが俺の毎日や。あんたには想像もつかへんやろが。悪いけど関わったら痛い目見るだけやでー」

「……お父さん、殴るの？」

「おとんゆうたらどつくもんやろ。東京ではなんかちゃうんか」

意地悪く勇太が、眉を吊《つ》り上げる。

長いこと、青年は黙っていた。よほど育ちがいいのだろうと、最初から勇太は疑いもしない。わかりもせずに学校だのなんだのと、口を挟《はさ》んだのが酷く勇太を意地の悪い気持ちにさせていた。

「お父さん……いないからわからないけど」

ようよう、青年が呟《つぶや》いたのはそれだけだった。

「おらん方がマシやあんなん。羨《うらや》ましいわ」

「……そんなこと」

言ったら駄目だよとまではさすがに言えなかったのか、青年は口を噤《つぐ》む。

ただ、間を置いて、読めとそんな風に枕元《まくらもと》に本や教科書を積んだ。

「信貴《しぎ》、勇太くんって言うんだよね。こういう字だって聞いたけど、あってる?」

不意に青年はノートを広げて、シャツの白さによく似合う青いインクの万年筆で、「信貴勇太」と大きく勇太の名前を書く。

不思議なほどの違和感を、そのきれいな字に勇太は感じた。誰もが気軽に自分を勇太勇太と呼ぶけれど、その名字を持つ母親もいなくなり、学校にもほとんど行かないとなると、己に「信貴」などという名字があることなどすっかり認識しなくなっていたのだ。

「僕の名前は……まだ名乗ってなかったよね。あすおう、しゅう。ちょっと難しい字なんだけど、良かったら覚えて」

一瞬、初めて微笑《ほほえ》んで青年は、「阿蘇芳秀《あすおうしゅう》」と、勇太の名前の下にやはり大きく名前を書いた。

「そんなん覚えたかてなんの役にも立たん。ごっつい字いやな」

「……そうだね。覚えても役に立たない字なんだけど」

また来るねと、言って青年が何か用があるのか時計を見て椅子を立つ。

この間彼が去ったときと同じことを、勇太は思いながら指を見た。

見納めだと、自分の知らないきれいな指を、見送った。

「また、学校サボッて」

影が差して溜息が頭上から降ったとき、勇太《ゆうた》は耳を疑った。

「……なんやあんた」

ここはいつもの、町角の路上で、勇太は元の生活に戻って仲間たちと道に座り込んでいたところだ。最近連れ歩いているひ弱で少し頭の弱い少年の肩を抱いていた腕を、勇太は無意識に外した。

「病院行ったら、もう退院したって言うから。怪我の具合はどう?」

「見舞金でもくれるんかいな」

「良かったら、お昼ごちそうするよ。みなさんも一緒に、ね」

思いもかけない阿蘇《あそ》芳秀《おうしゅう》の言葉に、仲間たちが色めき立つ。

「ほんまかいな」

「なら酒飲める店行こ」

「待てや、俺は死んでも行かへんで。行くんやったらみなさん勝手にどうぞ」

立ち上がり、歩きだした勇太を慌てて秀が追った。

「なんやなんや……ええやんか勇太も強情やな」

ヤスの声を背に聞きながら、勇太が足を速める。

「待って。勇太くん待って」

「憐れな子おに施しか？　何様のつもりや。俺はおまえみたいんがいっちゃんすかん。いね」

「そんなつもりじゃ……なくて。また当たり屋をやるんじゃないかって心配だったし。ただ僕は君に、普通の生活をして欲しくて……っ」

よほど体力がないのか息を切らせた秀に呆《あき》れて、勇太は立ち止まった。

「俺にはこれが普通や。なんや、普通の生活て」

眉を顰めて振り返った勇太に、意外な表情を秀が見せる。

勇太の想像は、もっと押しつけがましいものだった。何度も、そういう表情は見たことがある。憐れみ深く、慈悲深いようで酷く傲慢《ごうまん》な。

だが秀は白い頬に汗を落として、きょとんとして、勇太を見ていた。

「それは、僕にもわからないけど」

「なんやそれ……っ」

困り果てたように秀が言うのに、不覚にも勇太は吹き出してしまった。

「だけど君が……言ったんじゃないか。病院の生活が快適だって。だから……そういうのが普通かなって、思ったんだけど」

「……なら、それは俺が悪かったわ」

「で、ついでに学校に行ってくれないかなって。思って」

「なんで」

「車に当たってるひまが、取《と》り敢《あ》えずなくなるかなって」

段々と勇太は、秀が自分が想像していたような育ちのいい清潔で高潔な青年から、かけ離れてずれていることに気づき始めた。

「……おまえ、ハンドル切ったこと別に責任感じんでもええんやで。うっとうしいんや」

「だけど、君みたいなちっちゃい子が」

「ちっちゃいゆうなあほ！　すぐにおまえよりでかなったるわ‼」

「……ちゃんと、食べればね。大きくなるだろうけど。今の僕には小さな子どもにしか見えない君が、お金のために車に当たって。血を吐いて呻いてるの見たら」

「ほっとけないか？」

よく聞く台詞《せりふ》だが誰も結局自分に何もしてくれないことも、勇太はよく知っている。

「怖くて」

「は？」

「怖いよ……見てみなよ。痩《や》せた子どもが、自分が乗ってた車に体当たりして怪我して。血……血を吐いてたんだよ？　僕は……」

言いながら思い出したというように、秀は貧血を起こしてその場に座り込んだ。

「おいちょお……おまえなあ、ほんま。なんなんや、なんべんも聞くけど」

「わかんない」

目の前が暗いのか、勇太の肩に凭《もた》れて、秀が蚊の鳴くような声で呟く。

「僕にも何がなんだか」

「それは……おまえあれやな。こないだ初めて風俗行ったヤスが言うとったけど、カルチャーショックとかいうもんやな。立ち直れや勝手に。俺知らんそんなん、なんかしたわけでもないのに責任取られん」

「でも……」

やっと薄闇が戻ったというように、秀は勇太の肩から顔を上げて、下から瞳を覗き込んだ。見たこともないきれいな顔だと、間近で見て初めて勇太が気づく。遠目の秀に、そういう印象はない。無自覚なのだろう、ただ近くで目を覗かれればさすがにそうされた方は困る程度には、きれいだ。

「君のことがずっと頭から離れなくて」

「……しまいには犯すでおまえ」

「子どもなのにそんな言葉使わないで……」

両手で顔を覆って、しまいには秀はさめざめと泣き出してしまった。

「おっ、おい本気やないわ。泣くなて！」

「わかってるよそんなの、当たり前じゃない」

「おまえ、この辺のばばあどもに学士さんゆわれてアイドルなんやで。俺泣かしたみたいでバツ悪いやんけ、なんでもゆうこと聞いたるから泣きやめ！」

目の前でいい大人が自分のせいでそんな風に泣くなどあり得ないことで、勇太はすっかりうろたえてしまう。

「……学校、行ってくれる？」

「それはできん」

「なんでもって言ったのに……」

「取り敢えず当たり屋はやめる。当分せんから」

「当分……？」

「せえへんせえへん！」

涙目で見つめられて、自棄《やけ》になって勇太は喚《わめ》いた。

「そしたら……僕お弁当作って来たんだけど、一緒に食べてくれる？」

「はいなはいな。もうどうとでも好きにせえや」

笑って、秀は何処《どこ》か見晴らしのいいところに行こうと勇太に言った。

仕方なく海の外れの、船着き場の多いこの辺りでは一番きれいに海の見える場所へ勇太が前を歩いて秀を誘う。

言葉もなくセメントで固めた防波堤に座って、本当に秀が抱えていた弁当を広げるのを、不思議な気持ちで勇太は見ていた。

「はい」

箸《はし》と茶を渡されて、腹が減っていたことに気づいて唐揚げに箸を伸ばす。

「待って。いただきます、してから。いただきます」

子どものように秀は、手を合わせて自分で持って来た弁当に頭を下げた。

「おまえ……ほんまおかしなヤツやな。……いただきます」

仕方なくしたがって、いただきますと慣れない言葉にむずがりながら、勇太が弁当に手をつける。

「なんや。うまいな」

「本当?」

「ちょお味、薄いけど。病院のメシよりはマシや。こんどそこの角のお好み焼き屋行って味の濃さゆうもんを学んで来いや」

文句を言いながら食べている勇太を、何故だか秀は嬉《うれ》しそうに見ていた。

「そしたらまた来ていい?」

「……そうゆうおまえは、ガッコはどないしたん。学士さん」

「……本当は午後の講義があったんだけど、午前中病院行ったらいないから。サボッた。初めてだよ」

「この弁当、病院持ってったんか」

「うん。病院の食事も飽きるころかなって。普通に何食べても平気だってこの間先生がおっしゃってたし」

何からどう理解したらいいのかわからなかったが、この青年が自分には縁のない社会においても、無類の変わり者なのだろうことは勇太にも容易に理解できた。

「次、来るならガッコのないときにせいや」

言いながら、馬鹿馬鹿しいことに次という言葉を真に受けた自分に、ふと、勇太が気づく。

あかんと、首を振って、ただ目の前の弁当に勇太は目を向けた。


時折秀《しゅう》が訪ねて来て、学士さんが来たと仲間が逃げる。理由は秀の第一声がいつも、「学校、行かなくていいの?」だからだ。その言い方が、変にやさしく逆らいがたく却《かえ》って恐ろしいからと、仲間たちは一目散に逃げて行く。

それで仕方なく勇太《ゆうた》は秀が押しつける本や教科書を手で払いながら弁当を食べて、特に会話もなく時を過ごす。

慣れてしまったと、思った途端、ふと、秀の足が遠のいた。

「学士さんの気まぐれやったんやろ。ま、よくある話や。カルチャーショックやな」

最近やたらと使いたがるその言葉で、ヤスがどうやら自分を慰めているのが勇太のカンに障った。

どんな言いようにせよ仲間が自分を慰めるということは、自分が落ち込んで見えるということだ。

「……誰や学士さんて。もう忘れたわ」

見え見えの強がりを言った自分をもういつもの道端に置いておけなくて、もう何もかもが腹立たしく、勇太は物も言わない自分の隣にいつも置いている少年を突き飛ばして場を立った。

独りだということはよく知っていたつもりだった。唯一何処かで頼みにしていた母親が消えて、随分になる。よりによって最悪の男に、自分の身を預けてだ。

仲間はいるが、物を盗《と》り合ったり、ほとんど殺し合いのような喧嘩《けんか》をするのはしょっちゅうで、不意に消えるものも少なくはない。いなくなればすぐに忘れる。この間も、殺してしまったかと思うほどトヨを殴って、夜中に仕方がないから埋めに行こうとヤスと出直したら足が曲がったが生きていた。それ以来トヨは顔を出さないが、最近そんなんで勇太も背後には気をつけている。トヨはしばらく何処かに消えるかもしれない。その方が助かる。まあ仕返しに来るなら、今度こそ埋めることを考えなければならないがと、溜息をつく。そんなトヨとも、一応仲間ではあったが何も気にはならない。

誰かに何かを期待したりしない。それが、独りということだと勇太は良く知っていた。けれど、孤独という痛みだとはまだちゃんとは気づいていなかった。

「あんなごっつい字まで、人に覚えさせといて」

阿《あ》蘇《そ》芳《おう》、という名字をとうとう勇太は覚えさせられてしまった。それと一緒にどさくさに紛れていろんな漢字を覚えさせられたが、彼の名前を綴《つづ》れるようになったことは、秀には内緒にしていた。

次にまた彼が来たらと、思ってから既に何度か彼は訪れていたけれど、勇太は教えられなかった。

いつの間にか、次があると期待していたのだ。

彼と会った残暑が完全に終わって、もう冷える日は眠ってもいられない。いなかったことにするには丁度いい、冬がきたしと、まだ勇太は秀のことを考えている。

「……くそ……っ」

本当に馬鹿をしたと、腹立ち紛れに蹴《け》った小石が転がって、舗装されていない道路の先に行った。

随分と手入れのいい、というより真新しい黒い靴に、その石が当たる。きれいな黒い靴、仕立ての良い黒いズボンは、真冬でもこの路上には似合わない。

「……久しぶり」

足に当たった石を、丁寧に拾い上げたのは秀だった。

「……何が」

久しぶりや、おまえのことなんかもう知らんと、勇太は言いかけて言えなかった。

ただでさえ華奢《きゃしゃ》なのに前より一段と痩せた秀は、白いシャツに黒いネクタイをしていて、手に、黒いジャケットを掛けていた。

そういうヤクザはよく見かけるが、何がどう違うのか喪服だと一目でわかる。

「ごめんね急に来られなくなって」

「……なんも気にしとらん。おまえのことなんか忘れとったわ」

「そっか。……そうだよね」

「少しは、気にしてた、けど」

それきり物も言わず、二人は当てもなく土手とたまに古い建物の現れる道をただ歩いた。

「……一人きりの肉親だった、東京の祖父が急に倒れてね。急に、冷えたからかな。危篤《きとく》だって聞いてから向こうにいって、あっと言う間だったんだけど。初七日を済ませて片付けをしたら半月経ってて」

「まさかその足で俺のとこに来たんか?」

「わけも言わずに来なくなったから、気にしてないかって……思って」

「他に行くとこあるやろ。ガッコの仲間とか、女とか」

「え……?　ああ、教授には行くときにちゃんと話して行ったたし。後は別に」

喪服で、一人きりの肉親を亡くしたという青年に酷い言葉を言うのはさすがに勇太も気が引けたが、子どもと年寄りのほかに行くところがないのかと、それは仲間を仲間と思わない勇太にさえ信じ難いことだった。

あきらかに秀が憔悴《しょうすい》しているのは見て取れて、勇太の中に何か遠い昔の気持ちが生じる。なんだろう。覚えがあると、勇太は考え込んだ。母親に、よく思ったことだ。

長いこと物思って、勇太は思い出した。慰めたいと、そんな気持ちだ。けれど、そんなことはできたためしがない。母親が男に叩かれて泣き喚く度に勇太は彼女に何か言ったけれど、それは彼女を余計に怒鳴らせるだけだった。

「海の方にいこか。涼しいで」

白い肌はいつでも冷えて見えたけれど、黒い服は冬が始まろうとしているのに目に暑くて、勇太が海の方を指す。

言葉もなく、秀は頷《うなず》いた。

焦《じ》れた思いが、勇太の中でどうしようもなく疼《うず》く。

「……すぐ、忘れる。俺おかんおんようになったとき参ったけど、もうなんも思わんし忘れとる。うちにおるおっさんほんまのおとんやないし、そんなんでも俺生きとるしたいしたことやないわ」

深い青が目に入って、ぼそりと、勇太は言った。

秀が、自分を見ているのがわかる。

「……ありがとう」

間を置いて、そんな言葉が落ちた。

何故ありがとうなのかと、訝《いぶか》しげに秀を見上げて、勇太は自分が秀を慰めたのだと、気づく。

こんな言葉で、けれど慰めたいという気持ちが、いつもずれていて何もわからないように見える秀に何故伝わるのかわからない。

それでも、少し勇太は高揚した。一度もできたことがないことができた、待っていた青年に。

そうだ、本当はずっと、彼を待っていた。待つ人がいて、最近自分は、前より独りではなかったのかもしれない。

「お好み焼き、奢《おご》ったる」

「え？」

「おまえ、いつも弁当味薄いから。奢ったる。その角や」

子どものように駆けていると自分で思って、そうではない本当はまだ、十か、十一になったか、そんなところだったといまさら思い出して勇太は笑った。

「待って、そんなに走れないよ」

息を切らせて、それでもやっと秀が微《かす》かに、笑う。

初七日が済んだ足でと言っていた。少し加減してやろうと、秀を待ってから勇太はお好み焼き屋の扉を開けた。

「ババア、いつもの二つ」

「なんやいつもツケのくせしてえらそな口きいて。……なんやなんや、学士さんも一緒かいな」

大人のような口をきいた勇太に、女主人が呆れて片眉を上げる。それでただでさえでかい態度がいつもより余分にでかいのかと、悟ったように女主人はにやりと笑った。

「そしたらおばちゃんの奢りにしといたるわ」

「ええんや。俺にツケとけババア。座れや……秀」

扉のところで、いつまでもすまなさそうにしている秀より先にいつものカウンターについて、初めて、勇太は秀を名前で呼んだ。

無意識だったがそのことに気づかされたのは、秀が酷く、大切そうにその名前を聞いたのがわかったからだ。

「……さっさと、座れて」

これ以上、期待を大きくするのは御免だと、思う側から隣に秀が腰を下ろすのをただ待っている自分に気づく。

「……うん」

今日は特別だと、勇太は思うことにした。

青年は喪服で、この世で独りになったと言って何故だか自分のところに来た。だから、今日だけは特別でも仕方がないと、無理やりに思うことに、した。

秀が隣に座っても、ただ、沈黙が続いた。

いつもは、何か素《す》っ頓狂《とんきよう》なことを秀が一人で話して、勇太が罵《ののし》る。学校に行くべきだとか一緒に勉強しようとか、時折家庭のことを深く聞いて勇太を怒らせたり。

けれど秀は喉《のど》に何かが詰まったように俯《うつむ》いていて、言葉を返すばかりだった勇太からは話題が見つからない。

「そうゆうたら俺……」

特別だからと、勇太は思った。

「それ、取ってくれ。電話んとこのケチ臭いメモと鉛筆」

特別だから今日こそ、教えてやろうと。

「勝手に借りといてケチ臭いとかいうんちゃうで。ほら、お好み焼き二つ。勇太の奢りやそうやで、学士さん」

「あ……ありがとう、ございます」

「俺や！　俺の奢り!!」

女主人に頭を下げた秀に勇太が、むきになって自分を指す。

「ありがとう、勇太くん」

「……俺生まれてから一度も勇太くんなんか呼ばれたことないわ。地元やったらセンコも役所のもんもみんな勇太勇太やし」

「僕のことは、秀でいいよ」

「せやからっ。俺もうっといゆうてんや、勇太、くん。とかゆわれて。最近仲間が真似して『勇太くん』ゆうて俺のこと馬鹿にしよんねや。こないだ一人殺しかけたわ。埋めよと思ったら生き返りよった」

「そんなことしちゃ……」

「ええから！　見れや」

さっきから気が殺《そ》がれることばかりでいい加減勇太もやめようかと思ったけれど、秀の声がずっと細いままなのに押されて、鉛筆の先を嘗《な》めた。

阿蘇芳、の、真ん中の字が本当はまだ難しくて、そこだけどうしても大きくなる。それでも勇太は秀の目の前で、大きく「阿蘇芳秀」と書いて見せた。

いつも伏せがちの目を丸くして、秀がいつまでもそれを見ている。

「……ほんまはとっくに書けてたんや」

頬杖《ほおづえ》をついて勇太は、ふいと、横を向いた。

「これ、貰《もら》ってもいい？」

「好きにせいや。……熱いうちに食わんと、ババアにそろそろどつかれるで」

「そうだね。いただきます」

横目で勇太がちらと秀を見ると、大事そうに、秀はその紙を丁寧に切り取って胸のポケットにしまっている。ヘラに手を伸ばしながら、ただ、勇太は、その指の行方を追っていた。

この青年に会ってから、見たことがないものばかり見させられる。思ったことのないこと、思うまいとしていたことを、思わされる。

商工会の電話番号が印刷された紙の切れ端が、青年の胸元でいつまでもいつまでも大切そうに抱かれている。汚い字で大きく、自分が彼の名前を書いたそれが。

「……食えて」

「うん。……本当だおいしい」

「ふん。もう冷めてしもたわ学士さん。ま、冷めてもうまいんがうちのお好み焼きなんやけどね」

煙草《たばこ》をふかして、得意げに女主人が笑う。

「……若い人が逝《い》ったのかい」

ふと、秀の姿を見て女主人が聞いた。

「……いいえ、祖父が」

「ならしゃあない。順番みたいなもんや」

「……順番？」

「ここにおる、順番や。順番待ちしとるやつがおるから、年寄りから逝くんは当たり前でええことなんや」

「ならなんで若いのがおっちんだりすんねん」

余計な口を挟んだ女主人に、勇太が文句のように尋ねる。

「せやから、そっちは当たり前やないことっちゅうとるやろ。誰かさんの気まぐれや」

「……だけど、僕みたいな人間は……」

ふと、独り言のように、秀が口を開いた。

続く言葉を、何故だか勇太はわかった気がして、彼がそのまま口を噤めばいいと思った。それは考えても仕方のないことなのに、いつも自分も、何処かで思っていることと同じことのような気がして。

裸足の、汚れた爪先の落ちる先を、探すときのように。

「余計なこと考えとらんと、はよ食べ！」

怒ったように、女は飯台を叩いた。

彼女にも言葉の続きが知れたのかもしれないと、勇太は思った。

はいと、蚊の鳴くような声で言って秀は、信じられないほどゆっくりそれを食べ上げた。多分数日まともに食べるのを忘れている。そこにいきなりこれはなかったかと勇太は途中ですまなくなったが、残してはいけないと思うのかゆっくり秀は勇太の奢ったお好み焼きを食べている。

「……ごちそうさま」

けれどもおいしそうに秀がそれを食べ終えるのを待つのは、勇太には苦痛ではなかった。振り返って、ようやく少し血が差したような顔色で微笑むのを、確かに待っていたと、認めるしかなかった。

「そんくらい濃い味付けせえや。また来るなら」

戯《ざ》れ言《ごと》で、勇太は笑ったつもりだった。

けれど秀は、名前の書かれた紙のある胸を押さえたまま笑い返さずにいる。

「また、じゃなくて」

彼が何を言い出そうとしているのか、勇太にはさっぱり予想もつかなかった。

「毎日でも、作るし」

「おまえガッコどないすんねん」

「そうじゃなくて……勇太くん、今おうちにいる人、お父さんじゃないって言ってたよね。お母さんも、いないって」

「せやからなんや」

「僕も一人になった。……もともと、一人みたいなもんだったんだけど。本当のこと言って、生まれたときから」

　真顔で、秀が勇太に向き合う。

「勇太くん。僕、一年経ったら二十歳になる。少しだけど、余分なお金も貰った。祖父の遺してくれたお金で、大学を卒業するには充分だし、卒業したら教師になればいいわけだし」

「何が言いたいねん」

　長い前置きに苛立って、勇太は話を遮《さえぎ》った。

「……僕の子どもに、なりませんか」

　乞うように秀は、膝《ひざ》の上に両手を置いて、真っすぐに勇太を見つめた。

「……意味が、ようわからん」

　唖然《あぜん》としたのは勇太ばかりではなく、女主人も煙草に小さく噎《む》せている。

「正式に、僕の養子になって。僕の息子になって、阿蘇芳勇太に、なってくれませんか」

「……おまえ……」

　おかしいんちゃうかと、勇太がその場で言わずに済んだのは、秀の髪から線香が強く匂ったからだった。

「……ちょお、なんとかゆうてやってくれや。ババア」

話にならないと勇太は、自分の手に負えないものを、唯一頼りにしている大人に投げる。

目の前のこの青年は、とても大人とは言えない。寧《むし》ろ自分の方が物事が見えていると、勇太は改めて悟るしかなかった。

「なんちゅうたらええんや。こんな話聞いたことないわ」

とんだ厄介事を押しつけられたと、女主人が煙草を消した手で目を擦《こす》る。

「学士さん。あんた、なんも想像できてへん。こんガキは幼稚園も小学校もまともにいかんと、昼間っからふらふらして。親にもほかされて、寝起きさせてもろてるおっさんにどつかれて。盗んで酒飲んで……ヤクかて手え出しとるんやろ勇太」

「……おっさんがラリって、ちょっと分けてくれるときだけや。買えんもんあんな高いもん」

「こういうガキやで。どないしてあんたと暮らすねん。黒いハイヤーから降りて来て、真っ白いシャツ着て。じいさん死んだらそんな立派な喪服着られる大学生と勇太が、どないしたら親子になれるん。むちゃくちゃや」

言われて、秀は膝の上の手を握り締めて俯いた。

その願いが本当に叶《かな》うと思って口に出したのかと、そのことに勇太は驚く。

「……だけど、僕の子になれば、食べるために盗んだりもうしなくていいし。誰にも叩かせたりしないし、学校にだって毎日行ける」

「あほか、そっからわかってへん。行きたないんや」

「それは……っ、今の、環境だからでしょう？　行くのが大変で、行ってもしょうがないってお父さんがわりの人に言われて。だから」

「おまえとは生まれも育ちも違うんや！　どないなええ夢見てんか知らんけど、おまえと一緒におんのは無理や俺には!!」

「僕は……っ」

不意に、初めて見せる高ぶりで、秀が腰を上げた。

「確かに……祖父母に厳しくしつけられて、大学にも行ってる。だけどけれど慣れないのかすぐに長い息を吐いて、もうそのことを話し始めたことを悔やんでいるように見えた。

「両親は、僕が生まれてすぐいなくなった。写真もないし……だから、捨てられたんだよ。生まれも育ちも違うなんてこと、ない」

「……じーちゃん、ばーちゃん、ほんまのんと違うんか？」

「違うと、祖母はずっと言ってた。祖父も口には出さないけどそう思ってる。多分……そうなんだろうと思うよ」

言ってしまってから、酷い後悔を見せて秀が顔を覆う。

「……そんでもおまえ、ちゃんと育ちはええやないか」

「そや。学士さんあんた立派に育ちはって、偉いわ」

「……本当にそうだと、思いますか？」

だからと言ってと言葉を取り繕った勇太と女主人に、秀は顔を上げた。

なんとも言いようのない沈黙が、場を流れる。

「……まあ、まともに育ちよったらそんなでけもせんこと言うたりはせんわな」

「だから僕は、できなくないって」

「ええ加減にしいや！　おまえの子んなって、養ってもろて学校行って。そんなまともな暮らしにいまさら俺が納まるかいな。おまえかてすぐに俺にがまんできんようになる！　おかんかてほった子どもやでっ！」

「……だから、同じじゃない。僕と」

「おかしな夢や。あんた今、最後の身寄りがのうなっておかしなっとるんや。ゆうたやろ、大丈夫や独りなんかすぐ慣れるて」

「慣れるも何も、ずっと、独りだったよ……」

「……帰れ。もう来んでくれ。ババア、行くで」

「待って勇太くん！」

「勇太」

先を立って戸口に行った勇太を、二つの声が呼び止める。

「なんやババア」

　秀ではなく女主人の方に、勇太は振り返った。

「……そんなに悪い話やないと、うちは思うで。学士さんには悪いけど、どうもならんかったら戻ればええだけの話や」

「あのおとんがそないなこと許すかいな」

「そのおとんと、ずっとおるつもりか。一人前になって凌《しの》げるまでて思てんやろけど、あいつと一緒におって、そこまでまともに生きられるかわからんで」

「そしたら先に俺があいつを殺《や》ったるわ」

「そんでムショか、年少か。戻って来てヤー公か。……もしかしたら違う道が、あるかもしれへんのやで。勇太」

「なんや急に。ババアまでこないなおかしな学士さんのあほな夢真に受けて」

「あんた、さかしいんかかしこいんか。ちょっと人とちゃう。せやからもうちょっと、なんとかならんかってうちずっと思てた。美代子《みよこ》に勇太を頼むゆわれても、あたしにできるんはお好み焼き食わすぐらいや」

「それで俺には充分や。お釣り来るわ」

　何もかもが腹立たしくなって勇太は店を出た。

　秀が追って来るのがわかる。

今まで、勇太は疑ったことはなかった。女主人が言うような人生を自分が歩くのを、是とも否とも考えもしなかった。

けれど急に、それが当たり前のことではないと、一度に二つの声が勇太に言う。

それでも勇太はどうしてもこの町に居続けなければならなくて、女主人はそれをよく知っている筈なのに。

「名前なんぞ……書いたんねやなかったわ」

「待って。勇太くん待って」

「うっといなあ！　ついて来るんやないわっ」

「急に……ごめん。僕確かに急ぎ過ぎた。でも前から考えてたんだ。ここに来る度、考えてた。おじいさまが急に亡くなって、いつかと思ってると君までいなくなっちゃうんじゃないかって……っ」

「なんで俺なんや！　あのとき当たり屋の話はあそこにいた連中みんなでしとったわ。飛び込んだ奴なら誰でも良かったんちゃうの。そしたら俺みたいなんいくらでもおるから連れて来たる」

振り返って怒鳴ると、秀は言葉に詰まった。

「胸糞悪なる慈善っちゅうヤツや。ずれとるとは思てたけどそこまでとは思わんかったわ」

「待って。違う。君は……君は違う。うまく言えないけど、なんだか、自分を見てるみたいで。

だから僕は……」

「何油売っとんねん、勇太」

不意に、瘦せぎすの影が、海の方から差す。

「酒が切れたで。おまえ最近ちょっとも稼がへんやないか。なに様のつもりや、人のうちで寝起きさしてもろて」

真昼なのに既に泥酔している顔色の悪い男が、勇太の胸倉を摑んだ。

「……事故に、あったやろが。示談金かてみんなおとんが」

「あんなもんあっちゅうまに飲んでしもたわ。部屋代はろて、それで終わりやっ」

加減のない右手が、勇太の耳を叩き落とす。

「……っ……。やめてください！　子どもになんてことをするんですか！」

庇《かば》うように勇太に覆いかぶさった秀を、そう高くはない背丈でそれでも男が見下ろした。

「あんたかいな。最近勇太のこと連れ回しとる学士さんちゅうんわ。あんなあ、あんたのお陰でこいつ腕折って稼げんようになってしもたんや。もうちょっと都合してくれてもええんちゃうのん」

今度は秀の襟首《えりくび》を摑んで、男は立ち上がらせる。

噎せるような、酒の臭いが秀に届いた。揺らされると男の胸に下がっているお守り袋が当たって、そこからは海の匂いがする。

「やめや、おとん。こいつ乗ってただけや。関係ない」

「おまえは余計なことぬかすんやないわ！」

秀をなぎ倒して、男は勇太を思いきり蹴った。

「勇太くん……っ」

「ええから行き！　もう来んな。余計なこと、今ゆうたら……っ」

勇太の言葉の続きはまた、蹴られる音に消える。

いつもなら気が済むまで蹴られてやるしかないのだけれど、それでも秀がそこを動かないのに、仕方なく勇太は男の足元から体を擦り抜けさせて秀に体当たりした。

「おまえがそこにおったら逃げられん！」

きつく、秀を睨《にら》んで、もう痛みもろくに感じぬようになった体で勇太は海へ駆けた。


きっと、見たこともない暴力だっただろう。喪服も脱いで正気に返って、今頃おかしなことを口走ったと後悔しているだろう。

そう思いながら勇太《ゆうた》は、しばらく路上に出ず、崩れかけたアパートの隅で、膝を抱えて幾日かを過ごした。

「……うっといなあ。どっかいって、ちょっとは稼げや」

寝転んでいる男も、今日は雨なので船も出ず何もする気にならないのかただ酒だけ飲んで窓際に転がっている。

「……雨の日は、腕が疼くんや。寒いし」

「せやったらもいっぺん車に当たって来たらどないや。美代子《みよこ》もこないな厄介もんようもわいに押しつけて」

じっと、いつもの愚痴が始まる男の背を勇太は見ていた。

母親を母親と信じて疑ったことはなかったけれど、母親が父親だというこの男の血が自分に流れていると、勇太は信じたことはない。主張するのは母親だけだ。男も、決して認めない。

違う人生があると、この間女主人が言っていた。

想像も勇太はしたことがない。けれど最近は、どうやら何か、違う心根で生きるものがいるらしいということを、勇太は思いがけず知らされてしまった。迂闊《うかつ》に、白い指をした青年の乗った車に飛び込んだせいで。

そのうち、せめて十四か十五になれば何かしら地回りのチンピラから仕事を貰って、稼げば取り敢えずここを出られる。男とここにいればいつ殴られるか、何処で男がやめるかとそればかり考えるのが勇太の毎日で、そこから解放される日への望みは大きい。それ以上に大きな望みなど持ったことも、あると考えたこともない。

「……蘇……が、もう書けへんかな」

投げ込みのチラシに、ふと気まぐれで勇太はマジックで秀《しゅう》の名字を書いてみた。ぎこちないが、まだ書ける。下に、名前を綴る手が迷った。

僕の息子になって、阿蘇芳《あすおう》勇太に、なってくれませんか。

まだ、意味がわからないと勇太は思った。あの白いシャツの白い指の、白い瞼《まぶた》の清潔な青年が、それならば自分の父親になるというのか。ここに横たわっている、いつ自分を殴るかわからない男ではなしに。

不意に、雨の音に紛れて戸が二度鳴った。

「……なんやなんや。今日はいくらがちがちでも賭《か》ける金ないで」

言いながら退屈はしていたのか男が立ち上がる。

おかしいと、勇太は思った。戸を叩いて開けてもらうのを待つ友人など、この男にはいない。

「待てて……」

止めるのが間に合わず、男が戸を開けると、案の定勇太の恐れていた光景があった。

雨なのにきっちりとスーツを来た秀が、もう一人、年かさのスーツ姿の男を連れている。

「……なんやあんた。学士さんか。勇太はこれから凌ぎにでるとこや。あんたと遊んでる暇はないで」

「今日は、弥園《みその》さんに御用があって参りました」

「示談金乗せてくれるんかいな」

「勇太くんは学校に行ってる筈の時間ですよね」

「おい……」

名字を書いてしまったチラシを後ろ手に隠して、勇太は立ち上がり秀を止めようとした。

「あなたは彼の後見人だそうですが、その義務を果たしていませんよね」

「難癖つけにきたんかいな。そういうんは学校か役所に言えや」

頭を掻《か》いて男が閉めようとした扉を、秀が無理にこじ開ける。

男が頭に血を上らせるのが、すぐに勇太にはわかった。

「阿蘇芳さん……ここは穏便に。まず話し合いを」

「そっちのお偉いさんはなんや」

「私は、阿蘇芳さんのご懇意にしてらっしゃる、ご教授の弁護士で白坂《しらさか》と申します。ご挨拶《あいさつ》遅れまして大変申し訳ありません」

白坂と名乗って名刺を出した弁護士はこの間のハイヤー会社の弁護士とは違って、ものを知らない勇太にも決まり切った弁護士姿が何か浮いて見え不思議な感じを受ける。

「弁護士さん連れて、なんや。なんのようや」

息を詰めて、勇太は、その光景を凍りつくような気持ちで見ていた。この身動きができない感触に酷く覚えがあった。

母親が殴られている間中、膝を抱えているしかなかった自分だ。

また、爪先が見えた、伸びた爪が黒い。

「……な……なんも言うな。学士さん。なんも言うな、俺そんな気ないで」

「……どういうことですか？　阿蘇芳さん。お子さんとの同意がなければ、何も話は進みませんよ」

「これから……説得します」

「説得できていないとは聞いていません」

「だけど彼は今日も学校に行ってなくて……っ」

「せやから何しに来たんや！　うっとこかて暇やないんや‼　用があるならさっさと済ませんかいっ」

弁護士と秀のやり取りに、気短かに男は怒鳴った。

「……お願いが、あって参りました。あなたは信貴《しぎ》勇太くんの後見人だと伺っています」

「知るか。女が俺に押しつけて行きよったガキや」

「だったら……」

やめろと、叫ぼうとした言葉が勇太には声にできない。この後どうなるか、わかっているのに。

「勇太くんを、正式に、僕の養子にさせてください。僕は再来年の二月に二十歳になります。それまでは僕が来年からゼミでお世話になる教授が、勇太くんの後見人になってくれると……っ」

「ふざけたこと抜かすんやないわぼけえっ！」

言葉の途中で、秀は男に張り倒された。

「やめてくれ……おとん。俺そないな気、ないんや」

掠《かす》れた勇太の声が雨の中に、消える。どんなに意気がっても、勇太はこの男が、恐ろしくてたまらないのだ。

「勇太ここに置いとくんにいくらかかっとると思うてんねん。こんなガラやったらまだ何処も稼がせてくれへん。元取ってもおらんのに世話だけして人にやれてか」

「世話なんか……少しもしてないじゃありませんか」

叩かれた頬を押さえて、よろよろと秀は立ち上がった。

「あなたの酒代を稼がされて、勇太くんは学校にも少しも行っていない。僕が権利を得るまで待てないと思ったのは、もう来年は勇太くんが六年生になるとはっきりわかったからです！このままだったら中学もきっと一度も行かずに終わってしまう」

「……阿蘇芳さん、今日は」

「おまえ……っ」

また叩こうとした男の脇を擦り抜けて、丁寧に靴を脱いで秀が勇太の元に駆ける。

「勇太くん。うんって、言ってお願い。君の合意があれば、弁護士さんと教授がなんとかしてくれる。お願いだから……っ」

震えて、勇太は顔も上げられなかった。

「勇太くん……っ」

呼びかける途中で、秀が男に腕を摑まれるのが勇太に知れる。

見上げると秀の目が、勇太が後ろ手に隠したチラシの、「阿蘇芳」の字を大事そうに見ているのが勇太の目に映ってしまった。

「勝手に人んちあがんなや。こいつは俺の子やて美代子がゆうた。そしたらいずれ俺を食わすんがこいつの役目や！　寝ぼけんのも大概にせえっ」

加減を知らない足で、男が秀を蹴る。

「それ以上暴力をふるわれるなら刑事にでも民事にでも訴えますよ！　……阿蘇芳さん。あなたも話の順番を間違えている。今日のことできっとあの子は後で折檻《せっかん》されます。わからないんですか」

思いのほか強い口調で弁護士に言われて、色のない唇を血で汚しながら秀ははっとしたように勇太を見た。

自分と同じように、秀が痛みに愚鈍なのがただ勇太は不思議だが、今はただ恐怖しかない。

「勇太くん……本当に、ごめん」

「弥園さん。お話はまた、改めて」

「何遍きよっても一緒じゃ。京都やったら上から下に物がすんなり通るっちゅう話やけど、ここではそうはいかんのじゃあ。帰れ！」

もう一度秀を蹴り出して、男は戸を閉めた。

またたと、勇太は動かない手足で次に男の暴力が自分に向くのを待つしかない。

誰かを助けられなかった、その罰のように。


少し入り組んだところにある、何度か秀《しゅう》を連れて来た防波堤に、真冬が来ているというのに勇太《ゆうた》は一人で座り込んでいた。この船の行き交う港でもここからなら一番きれいに海が見えると、教えてくれたのは母親だった。たまに、母親と二人でここに来るのが勇太は好きだった。秀を、ここに連れて来るのも。

今日は冬晴れなのか、空も澄んでいる。

勇太の居ぬ間にくれば勇太は叩かれずに済むと思うのか、秀は男が一人のところを何度か、訪ねたようだった。痕跡《こんせき》は真新しい血になって雨にも流せず、そして男は残った苛立ちを勇太にぶつける。

いずれ一人が殺されなくてはならないと、母親が居たころによく思ったことを、最近勇太はまた思うようになった。

男か、秀か、自分か。

何故だろう。一人が死にでもしないと事が納まらないと勇太は思う。それは自分が子どもで短絡的な片付け方しかわからないからだとも、知らずに。

「……探した。誰も、君の居場所知らないって言うし。でもここかなって」

後ろから声がして、びくりと、勇太は秀を振り返った。

傷だらけの秀が、けれどそんなことなど何も気にならないような顔で、白いシャツを着て立っている。姿を見るのは、随分久しぶりだった。

「白坂《しらさか》さん……あの弁護士さんに、勇太くんの合意がないとどうにもならないって言われて。当たり前だよね」

「あいつ、反対なんとちゃうんこのこと。おまえ気ぃついてないんかもしれんけど、そう見えるし当たり前やて思うわ俺かて。……ええ加減にせえ、俺も誰もそんな気いない。あきらめえや。顔、変わってまうで」

直視できない秀の顔の傷から、勇太が目を逸らす。

「字を、覚えてくれてた。そうだよね」

「ちょっと、難し字書けるようになって得意になっただけや。阿蘇芳《あすおう》なんか、そんな大仰な名字御免や俺」

「それは……今の名字の方がかっこいいかもしれないけど」

勇太の隣に、秀は座った。

「そんな話やない！　なんで俺なんや。見てみい、おまえが来た日は俺どつかれんねやど。慣れとるけど、ええ迷惑や!!」

前を向いたまま、勇太が怒鳴る。

「……おまえも、殺されんで。殺されると思たから、おかんは逃げたんや」

「……ごめん。ただ、僕は多分結婚なんかからも縁遠いと思うし」

「はぁ？」

勇太と同じ方を向いて、不意に、秀は勇太が投げかけたものと全く違う話を、始めた。

「家族もいないし。持つこともないと、思ってた。それを……君を、どうしても養子にとなんで思うのか。聞かれてもずっと答えられなかったけど」

ぼんやりと、何処か心を遠くに置いたように秀が話すので、無防備に、その横顔を勇太が見てしまう。

独りであると、淡々という色の薄い瞳を。

「僕だと、思ったんだ。いつからそんな風に思うようになったのかわからないけど」

「……誰が」

「勇太くんは……僕だ。何も持ってない。それで仕方ない。何かの罰みたいに、自分はそうしてるのが当たり前だって思ってあきらめてる。僕は今も、そのままだけど」

静かに、秀は勇太を見つめた。

「君はまだ十歳だよ。……違うね。もう十一歳になった」

彼がそうして年齢を口にする意味が、勇太にはわからない。

「時々、考えるんだ。なんで、平等なんて言葉があるんだろ？　そんなもの何処にもないのに、言葉だけがあるなんておかしいと思わない？」

不意に、勇太には秀が自分よりずっと小さな、置いて行かれた子どもに見えた。

「どうして僕には……お父さんもお母さんもいないのかな。学校に通って、同じ年の子たちと一緒にいてさ。作文の課題や、参観日や、親子遠足とか卒業式とか。年に何度も、何度も何度も。なんで……周りにも気を遣わせて、僕もその度に僕にだけないものがあるって思い知って」

駄々を、聞かされている。

「どうしてって、思わない？　僕たちは何も悪いことなんかしてない」

小さな、子どもの言葉だ。

「君が持たないものがある。それを……僕が持たせてあげられるかもしれないんだ」

ふっと、秀は青年の顔に戻った。

「子どものうちに、持ってほしいものがあるんだ。君にも、本当はどの子にも。みんな」

けれどそれは長くは持たない。

「僕みたいな人間に、誰もなってほしくなんかない」

すぐに、どうしようもなく小さな子どもの瞳に、子どもの声になる。

どうしてとか、何故とか、勇太は思ったことがなかった。人がそれぞれ違う何かを与えられるのは当たり前だとは、もうとっくに知っていた。与えられたその中で生きて行かないといけないと、生きることだけを考えて来たのにこの青年は生きてさえいない。

「……正直、全く考えんワケやない。おまえやババアの言う、違うなんかが、今俺の目の前にちらつかされとる。別にここもあのおっさんも好きやないし、義理もない。好き好んでムショや年少に行きたいワケでもない。けど無理や」

「どうして」

「ここに、生まれ落ちたし。ここにおらなあかん」

「……どうして」

一つの、胸の底にある理由を、勇太は言えずにいた。

「無理なもんは無理や。だいたいあんた弁護士おったらなんでもどうとでもなると思うんか？

今までかて、児童保護なんとかとか、来たことあるけどなんもどうもならんかった」

「それは……真剣さが違うからだよ。悪いけど通り一遍のことをしたとしか思えない。勇太くんが思ってるほど、そんなに難しいことじゃないんだ。勇太くんが承諾してくれて、勇太くんのお父さんが承諾してくれれば。江見《えみ》教授……あの、僕の大学の先生が力を貸してくれるし」

「おとんなんかなんも関係あるか。おとんて呼んどるだけで、認知もしてへんて前もゆうとるわ」

「でも、親権者だから。お父さんが承諾してくれれば……」

「意味がわからん。親権かなんか知らんけど、そんなん全部おかんが持って逃げたんやろ。俺は何処におるかもわからんおかんの籍に入ったまんまや。どうもなるかいな」

一瞬、不思議そうな顔を、秀は勇太に見せてしまった。

それが酷く奇妙な表情だと、彼の薄さの中からよくも自分が気づいたと勇太は思ったが、そのぐらい、秀は困惑したのだ。

「……ええと。そっか、ごめん。僕の勘違いだ」

顔を逸らして、行こうとした秀の腕を、痩せた手に見合わない力で勇太が摑む。

「なんか俺の言うてることちゃうんか。なあ、おまえ弁護士連れて来たんやもんな。俺の知らんこともなんか、知ってんちゃうん」

「違う。僕も良くわからないから……だから白坂さんに怒られてたじゃない。今日は、もう帰るね。本当にごめん」

「おまえ、嘘言《うそ》わんからそれだけすぐわかるわ！　簡単なんはなんでや。ちゃんと説明せえっ」

叫んだ勇太に、観念して、秀はそこを立ち去るのをあきらめて屈《かが》んだ。

冷たい風が吹いて、海が強く匂う。濃い色に少し、陰りが差した。

「……親権は、弥園さんが持ってる」

「どういう……」

「お母さんが、手続きをしたって、聞いた。後から書類だけ送られて来て、随分してから弥園さんがそれを出したって。お母さんは、多分自分が持ったままだと勇太くんに不都合があるって……」

意味のわかりにくい秀の説明を、ぼんやりと、勇太は聞いた。

捨てられたと気づくのにも、一年以上もの時間がかかった。いなくなってからの日数を数えるのをやめたのはいつだったか。

それでも、心の底で勇太は疑っていなかった。

いつか、母親は誰でもない勇太の元に、帰るのだと。

やさしかったいくつかのことは、瞬く間に消えた。思い出す母親の日、母親の顔はいつも夢に出て来る、一番沢山見たそれだ。

すまなそうに、すまなそうに身を縮めて。いつもそうして勇太を、見ていた。怯《おび》えたような目をしていた。

だから勇太はずっと、自分が悪い人間なのだと、疑いはしなかった。もしかしたらそれで母親があんな男の元に自分を置き去りにしたのかもしれないと、けれどそれは今まではまだ疑いでしかなかったのに。

「本当に……ごめんなさい。僕は勇太くんが知らないと、思わなくて」

「……いいや、手続きとかなんかは知らんけど、帰らんつもりなんは知ってた」

嗤《わら》おうかと、勇太は思った、あざ笑ってやりたい馬鹿が、自分の中にいる。膝を抱えて、身を縮めて動けないでいる自分だ。

「ごめん。本当にごめん……っ」

「おまえが謝ることやない！　俺が驚いたんは」

けれど勇太は、どうしても笑えなかった。

「俺が、おかんを……」

もう母親だなどと呼びたくはないと、唇が戦慄《わなな》く。

「あの女を待っとったことや……っ」

震えるのはそのせいではないと、熱いものが頬をどうしようもなくしたたるのに勇太は顔を伏せた。

不意に、酷いぎこちなさで、秀の腕が勇太を抱く。

きっと秀は、そんなことをしたことがない。勇太もまともにされた覚えがない。された覚えがないのはきっと秀も同じで。

「ごめん。僕が悪かった……君にはまだ、お母さんがいたんだね。ちゃんと、いたのに……っ」

抱かれても勇太の小さな体でさえ、うまく秀の体に納まらない。

「おらん。最初っから、俺間違ってできた子やて。おかんもようゆうとった。間違いもんなんか誰が要る。俺はおまえとおんなしや。誰もおらん……っ」

「ごめんなさい……本当に……ごめんなさい」

「……おらんて、ゆうてる！　せやったらもうここにおる理由なんか一つもない。何処んでも連れてけや。もうここにはいとうない!!」

叫ぶ勇太を、なお強く秀が抱いた。

殴られても蹴られてもものの思わぬようにしていたのに、辛いと、初めて身に染むような痛みに勇太は身を委《ゆだ》ねた。

いつまでも秀は、勇太を放さない。繰り返される謝罪と約束の中で、勇太はその痛みにただ縋《すが》りつくほかなかった。

そう勇太《ゆうた》が望んでくれるなら後は男が判をつくだけだと、秀《しゅう》は、どんな男の横暴にも構わずアパートに足を運び続けた。不思議と、反対しているとしか勇太には思えなかった白坂《しらさか》も二度に一度はついて説得に来るし、時には白坂が一人で来ていることもあった。

けれどそれこそが無理だったのだと、半年も過ぎていまさら勇太は気づかされる。男が、これから稼ぎ始めるであろう自分を手放す書類に判を押すわけがない。秀は根気よく言葉を選んだが男の耳に届く筈《はず》もなく、秀は口の端が切れるのが癖になっていた。

あまりしつこく来ると余波で勇太も殴られるからと、父親の元へは月に一度か二度と秀は決めているようで、それ以外にもただ勇太に会いに来る。弁当に釣られて漢字を教えられたり教科書を開かされたり、それが当たり前の日常のようになって季節が一回りした。

傷は増えても、秀は、なるべく男に自分が殴られるのを見せまいとしている。

だが、彼に出会った夏がまた来て、薄着の季節になっても秀が長袖《ながそで》でいるのに、不意に、勇太は自分は何も見ていないわけではないと、気づかされ始めていた。目を、逸《そ》らしていた。夏物のシャツに蹴《け》られた痣《あざ》が透けている。

そして間が悪く今日、秀が来ると知らずに部屋にものを取りに戻った勇太は、どんな暴力を秀が受けているかを目の当たりにして、ただ固まって見ていた。

この一年近く、こんなことも本当は一度や二度ではない。

「……待てや」

きっといつものように放り出されて覚束無《おぼつかな》い足で駅に向かう秀を、勇太は裸足《はだし》で追った。守れないのは前と同じだ。もう限界だと、勇太は思った。

「駅まで送ったる」

「……どうしたの？　そんなこと言うの初めてだね」

血の滲《にじ》んだ口を拭《ぬぐ》って、それでも秀は嬉《うれ》しそうに笑う。

駅について、改札を抜けた秀の後に屈《かが》んで勇太は駅の中に潜り込んだ。

「そんなことして……ホームまで来てくれるなら入場券買ったのに」

呆《あき》れたように笑いながら、帰る方向のホームに時を惜しむようにゆっくりと秀が向かう。

「それとも、このまま……一緒に来る？　京都《きょうと》」

「何あほゆうてんねん」

堅く結んでいた口を、勇太は開いた。

「送りに来たんは」

そんなことにはまるで慣れないのに何故だか泣きそうになる自分を、堪えて、息を抜く。

「これが最後やからや」

「……勇太くん？」

「もう、来るんやない。俺はここに生まれ落ちたここの人間や、無理なんや。どないしたって」

「だからそれは、もう」

「一年や。俺年なんか普段数えんけど、一年経った。無理や」

「もう少しって……気がするんだ。最近の弥園《みその》さん見てると。だからもう少し勇太くんも」

「おまえがどつかれんの」

嘘《うそ》を言った勇太に秀がむきになろうとしたので、勇太は静かにその言葉を切った。

「もう、見たない」

今度こそ最後だと、白い指を、勇太は見た。その指が、動いたのがわかった。抱こうとして抱けないのだろうと、あの真冬の海辺での自分たちの無様さに、ただ小さく勇太は笑んだ。

「かんにんや」

そう言って駆け出そうとした勇太の腕を、強く、秀が摑《つか》んで止める。

無言で、秀は改札に戻った。駅員に切符を渡してそのまま元の道に、勇太の腕を引いて戻って行く。

「なんなんや……あきらめろや！　もう無理なんや!!」

「僕はあきらめない。君は今、ここを出たいって……ちゃんと意志があるのに。僕は絶対に、あきらめない。絶対に、僕みたいな人間にしない」

　元のアパートまで、秀は戻った。

「俺の話ちゃんと聞けや！　見たないんや!!　俺なんもできんのや、おまえがどつかれてる間。もう見たない……っ」

「……ちゃんと、聞いたよ。沢山、辛《つら》い思いさせてごめん。僕が今からどんな方法を取っても、呆れないで。嫌わないでね」

　勇太の止めるのも聞かず、秀がアパートの階段を駆け上がる。

　二度ノックして、開かないドアを秀が開けた。

「勇太か……。なんや、最近よう酒が切れる。ろくなことないわ酒ないと。なあ。学校やの環境やのてあの若いんの言いよることがよう聞こえて、余計苛《いら》つく。赤ちょうちんでも行くか」

　窓から海の方を見たまま、何故だか力無く、ぼんやりと男が言う。

　最近、そういう男を勇太は不思議に思っていた。秀を叩《たた》き出した後に、自分を殴ることが少なくなった。ここのところ、何か酷《ひど》い疲れが、男を覆っていた。

「……阿蘇芳《あすおう》です。すみません。戻りました」

　勇太が手を引いたのに秀は、玄関から男の背に声を投げる。

　形相を変えて、男は振り返った。

「おまえ……っ」

「どんなに、殴られてもあきらめる気はありません。江見《えみ》教授は大阪《おおさか》の行政とも繋《つな》がりのある方です。僕は、どんな手段を講じてでも、この子の未来をあきらめる気はないです」

「一人前に……おどしとるんか！」

秀の言葉はただ男を憤らせるだけで、立ち上がりさっきよりもっと酷い暴力を、男は秀に強いた。

それでも今までは外の者だという遠慮があったのかそれも潰《つい》えて、殺してしまいそうなほどに、男が秀を殴る。

母親のときと同じに、いつもと同じに、勇太は凍りついた。

けれど何か悔やんだ筈だ。母親が出て行くその背を見て、自分は酷く悔やんだことがあった筈だ。

痩《や》せぎすの手足が、ぎこちなく動いた。

台所へ、汚れたまま足が駆けた。母親が出て行く前に、青年が殺されてしまう前に、何故、自分がこの男を殺さなかったのかと。

悔やんで、なんども見つめた包丁を、両手にきつく握り締めて男の背に向いた。

「……っ……、だめだ勇太くん……っ！」

駆け出そうとした足に、秀が叫ぶ。

気づいて、男は刃物を握って自分に向けている勇太を振り返った。

「なんや。殺《や》れや」

　両手を広げて、何故だか男が笑う。

　勇太の足は、迷っていなかったのに。

「……殺れて。俺もうくたびれたわ。なあ勇太、この学士さんしつこうてほんまに……疲れ果てた。こいつがゆうとること、もう聞くのいやや。どっちか殺ってまえ」

　何故だか弱った、男の声が何を言っているかなど熱を持った勇太の耳には意味を持って届かない。

　手放すことを男が強固に拒むわけが、自分の凌《しの》ぎだけではなかったのだと勇太が気づくのはずっと、後のことで。

　今は、もう二度と悔やまないために男を殺すことしか勇太の頭にはなかった。

「……っ……」

　けれど行こうとした勇太の足を、秀がぼろぼろの体で勇太に駆け寄り刃ごと、あのぎこちない腕で止める。

「絶対に……駄目だ。僕は大丈夫だから。大丈夫だから」

「……なんで、おかんをどついてるときに刺さんかったんや勇太。ぶち殺したかったろうが。なんでせんかった」

　何故だかそれを、男は今まで勇太に見せたことのない酷く気持ちの落ちた顔で言った。

「生きとってもしゃあないのがどっちなんか、おまえにはわかったやろうに」

本当に疲れたと、そんな風に窓辺に行って、男はまた横になった。

「そんな物騒な、ガキおいとけるか。くれたる」

誰の目も見ずに、嗄《しわが》れた声で小さく男が言う。

「え……」

「後は明日にしてくれ。学士さん。今日はもうしまいや」

驚いて声を上げた秀にそれだけ言い放って、男はそれきり、身動きもしなかった。

握った刃物を放せないまま、何も耳に入らず勇太は固まったままだ。一本一本指を解いて、秀が、それを元の場所に戻す。

「俺……」

「……大丈夫だよ、勇太くん。明日、また来る。きっと迎えに来る」

屈んで、さっきまで確かに刃を握っていた勇太の堅い両手を、秀は握った。

このとき勇太は自分が何をしようとしたのか、はっきりと、思い知ってはいなかった。ただ、今しようとしたことごと全部、明日にはここを捨てられるかもしれないという秀の言葉だけが聞こえる。

早くと、言いかけたが勇太は、もう一声も聞かせることができなかった。

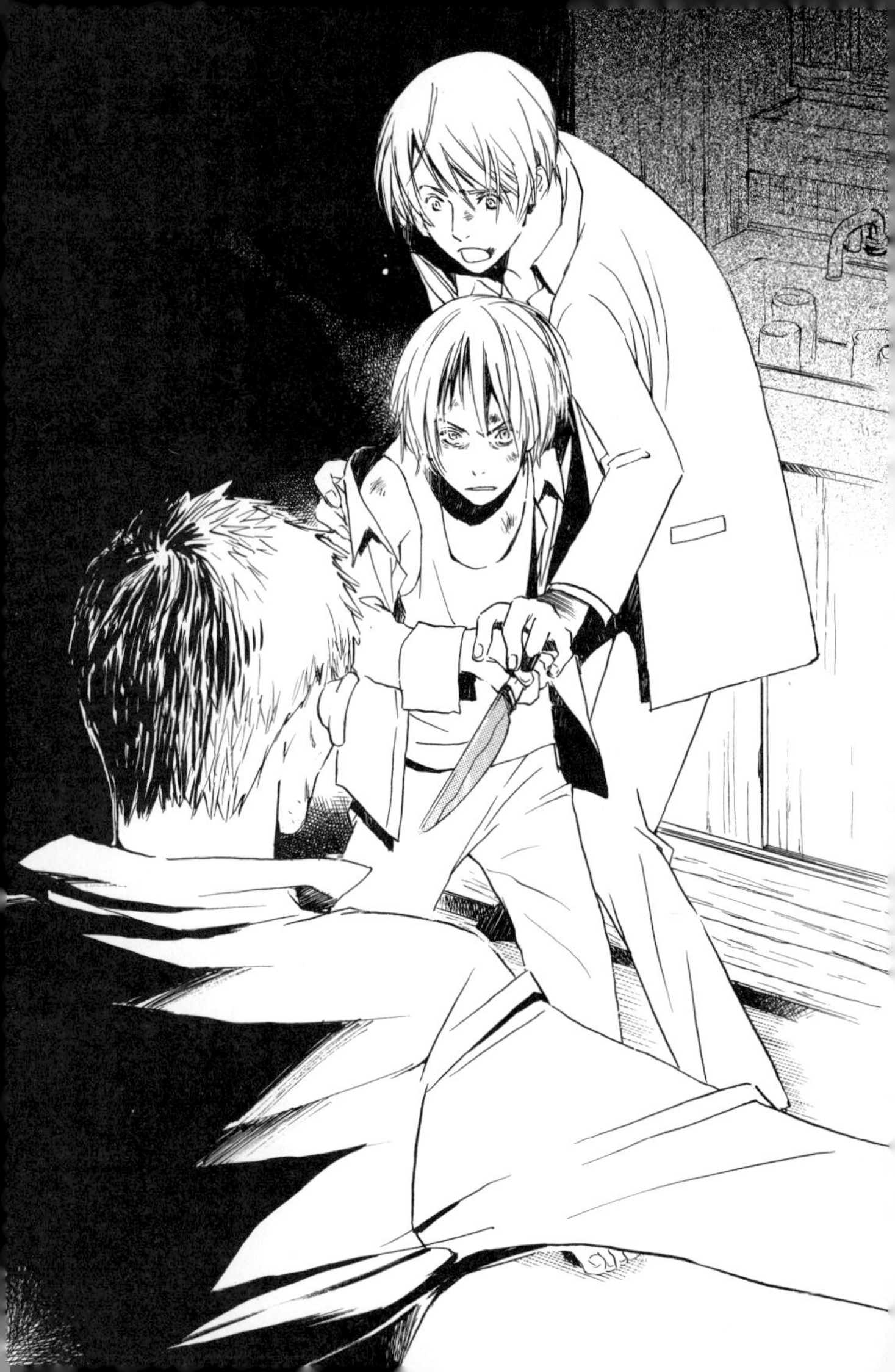

明日と言われて、書類を揃《そろ》えて秀《しゅう》が訪ねると、それが何か最後の抵抗であるように男は部屋におらず港にいた。判をついてもらって、「清々する」と捨て台詞《ぜりふ》を聞いて、昨日の予定通りその日のうちに秀が少ない荷物をまとめて勇太《ゆうた》を京都に連れた。

「お好み焼き屋の奥さんにご挨拶《あいさつ》しただけで良かったの」

「おまえのお陰で、最近俺仲間に逃げられとるもん。そんなもんや、別に誰とも会いとうない」

全《すべ》ての負とともに町を捨てることは、今はもう、勇太の望みの筈だった。昨日は早く明日になれと、寝つけなかったほどだ。

けれど実際にこうして、たった一時間もかからない電車でさえ勇太は町を離れたことがなく、そして何処《どこ》かであり得ないと思っていたことが動く速度にも心が追いつかず、夕闇の京都についたときにはすっかり気持ちを暗くしていた。

「夏休みで良かった。今のうちにできるだけ六年生においついて、学校をどこにするかはゆっくり考えよう」

「着くなりベンキョの話かいな」

「はは……そうだね。ごめん」

ぎこちない会話は、すぐに途切れる。

「……えらい、きれえな町やな」

タワーが光る駅前の光景に、こんなに近いのに初めて京都に来た勇太は居心地が悪いと、声を聞かせた。

よそ行きの顔をした、他人の町だ。

「僕の住んでるところに行くと、大分違うよ」

そう言って秀に乗せられたバスは確かに華やかな明かりから遠く離れ、勇太には少し不気味に思える大きな門構えの寺を幾つも通って、何もないようなところで秀は降りると言った。

暗い路地、古い寺の前を通るときは勇太はもうほとんど後悔していて。

「ここが、今日からしばらくの間、僕と勇太くんの部屋」

そう微笑《ほほえ》んでなんということはないアパートを秀が指さしたときには、完全に暗い気持ちになった。ここは岸和田《きしわだ》とあまりに違い過ぎる。道は碁盤目に整備されていて、建物はいちいち古く大仰で。

知らない町に来たというだけでただでさえナーバスなのに、おかしな期待は裏切られて秀が招いた家はアパートだ。

少しのお金があるからと秀が言ったのを、勇太は、少し過剰に考えていた。生まれはともかく育ちがいいのは一目瞭然《りょうぜん》で、遺された遺産というのも秀が言うほど少額ではないのだろうと勝手に思っていたのだけれど。

「ごめんね、実はここ学生アパートで。君が承諾してくれたときに二人で暮らせるように一軒家借りたんだ。でも手入れが間に合わなくて、一週間くらいでそっちに移れると思うんだけど……こんなに早く一緒に暮らせると思わなくて。勢いで今日連れて来ちゃったけど、バタバタしてごめんね」

　でも引っ越し先はここからそう遠くないからと言われると、余計にこの辺りの暗さが勇太を気鬱《きうつ》に追い込む。

「二階の一番端だよ」

　言われて階段を上がり、部屋のドアを開けられて心底、勇太が気を落とす。

　前に住んでいた部屋と特に広さは変わらない。ただ清潔で、物はここの方が少ないぐらいだ。窓際に机が一つ。部屋には少し大きすぎる本棚につまらなそうな本がぎっしりあって、部屋の角に棒を渡してそこに服が三着ほど掛かっている。一着は勇太が何度も見たスーツで、もう一着は喪服だ。

「好きなところに、勇太くんの荷物置いて。何か小さなチェストみたいなのがいるね。明日いろいろ買い物に行かないと……でも越してからの方がいいのかな」

「……押し入れ、開けてええか？　つっこんどく」

「あ、いいけど……」

がらりと押し入れを開けて、さらに、勇太の気鬱は深まることになった。

押し入れには真新しい布団《ふとん》が二組と、底が抜けそうなほどの本、それと安物のプラスチックの衣装ケースが二つあるだけだ。

――学士さんには悪いけど、どうにもならんかったら戻ればええだけの話や。

来て早々に、勇太は女主人の言葉を思い出してしまった。

「こんで全部なんか。おまえの荷物」

「うん。着替えと、布団と本と。台所に行けば自炊の道具があるけど。他に何か必要？」

「……テレビとか、見いへんの」

よく見ればこの部屋には、テレビどころかラジカセもない。

「ああ……そうだね。僕は見ないけど勇太くんは見たいよね。それも明日見に行こう。それに、仕事するようになったらちゃんと二間あるアパートを借りて、勇太くんの個室もつくるから。ごめん、それまでは二人で一間で我慢してもらってもいい？　越す先も部屋は一間なんだよ」

なんだか大慌てで、秀は自分の機嫌を必死に取っているように勇太には見えた。

つまらないことを尋ねた勇太も、どうしたらいいのかわからない。

「ところでここ、何処や」

「京都の、西陣《にしじん》っていう町の近く。織物の町だよ、昼間になったら布を織る音が聞こえる、そこら中から」

そう言って秀は、突き当たりにある大きな窓を、がらりと開けた。

「ここ自体は、小さな町なんだ。明日あちこち案内する。すぐ近くに公立の小学校もあるし」

秀が開けた窓から、狭い夜の路地を勇太が見下ろす。

少しだけ、安堵《あんど》が胸を触った。どこに行っても、そうは変わらない。何より、今までより酷いことなどきっとそうはない。この落ち着かなさと不安や不満は、生まれて離れたことのない土地を初めて出たせいで。

子どもがそうして不安になることなど当たり前だと、まだ十一歳の勇太は気づかない。

「疲れただろうけど、お風呂行こうか」

「風呂……行く？」

「ごめん、ここお風呂ないんだ。銭湯近くにあるから」

「今日は……ええ」

「どうして？　すぐに寝たい？　夕飯も食べないと」

言いながら秀は、押し入れの衣装ケースから勇太のサイズの着替え一式とタオルを出した。

「……なんでこんなもんあるん」

「自分でも……馬鹿みたいかなと思ったんだけど。もしかしたら明日にはって、いつからか毎日思うようになって。それで、いろいろ目に付いたもの買い揃えちゃって」

考えてみれば引っ越し先が決まっているのも、泊まりに来るような友人がいるとも思えないのに真新しい布団が二組あるのも、おかしなことだと勇太もようやく気づく。

「産着縫ってる近所の腹のでかいおばちゃん思い出したわ。俺赤ん坊と違うで」

「ごめん。変だよね、こんなの」

「……別に。もともとおまえおかしなヤツやてわかってたし。ええよ、行こ。風呂」

嬉しそうに、秀は笑った。風呂道具もきちんと二つ揃えてある。

毎週のように海辺に足を運んでは殴られて、一方で当てもないのにこんなことをしていたのかと、勇太は今はまだそれをどう受け止めたらいいのかわからなかった。

少しも覚えられない迷宮のような細い路地を、勇太は秀に並んで歩いた。まだ寝るにはあまりに早いし、かと言って何か物が自分の喉《のど》を通る様子もない。緊張しているのだと、勇太はそんな自分を大きく持て余し続けた。

「けど俺、風呂なんか久しぶりや。港に水浴びられるシャワーみたいなんがあるから、夏はそこで暑なったら水浴びて終わりやし。おかんおらんようになってから銭湯なんか行ってないわ、そういうたら」

「冬はどうしてたの」

「かなわんようになったら台所の湯うで適当にあろとった。湯う嫌いやねん、俺」

「でも毎日行くからね、銭湯」

「いやや―、そんなん」

やっと少し他愛のない会話をして、すぐに古い造りの銭湯にたどり着く。

「こんばんは」

「はいこんばんは」

番台の男と秀は、二人して勇太には耳慣れないイントネーションで、目も見ずに挨拶を交わした。

それも買ってあったのか、秀は学生と子ども用の銭湯の回数券を番台に置いている。

荷物を籠《かご》に入れていざ服を脱ぐという段になって、勇太は少し、子どもらしくない気恥ずかしさを覚えた。いきなり、裸で一緒に風呂に入るのかと、秀は躊躇《ためら》わないのかと見上げる。

「どうしたの？」

どうやら躊躇わないようで、呆れて勇太は自棄《やけ》になって服を脱いだ。

与えられた石鹸《せっけん》とタオルを摑《つか》んで風呂に行こうとして、勇太は、秀が不意に手を止めてじっと自分の肌を見ていることに気づいた。

何に気を囚われているのか、秀の目が虚《うつ》ろだ。

「……ああ、これか？　腹や背中の辺りは全部おとんやな。足のこれは前にヤスとやりあったときのもんや。こっちは勲章やで、中学生に勝ったんやからな」

「お父さんに……されたのは僕のせいだよね」

「あほう。そないなこと言うたら自分はどうやねん。俺のはずっと前からや、ここなんか固なってもう何も感じんわ」

よく蹴られた肩を、勇太が摩《さす》る。

「おまえもとっとと脱げや、とろいで」

「うん……」

そうして秀も裸になると、白い肌にやはり新しい痣や傷が目立った。

「やっぱりあいつ殺ったった方が良かったな」

「だから、それは絶対駄目だってば」

ちらと、番台の男が二人を見て溜息《ためいき》をついたのが勇太の目の端に映る。多分毎日来ている秀がいつからか傷だらけで来るようになって、今度は似たような少年を連れて来た。迷惑な話だろうに、何も言わぬのがこの町の流儀なのかと勇太が早くもそれを呑《の》む。

「先に、体洗ってからだよ」

染みないのか秀は、石鹸とタオルで丁寧に体を洗った。

見よう見まねで勇太も蛇口を捻《ひね》ったが、殴られる痛みには慣れていてもお湯や石鹸が生傷に染みるのにはどうにも慣れない。

「俺、もうええわ」

「駄目だよ。駄目駄目、耳の後ろまでちゃんと洗うの」

腕を引かれて、不承不承勇太は秀の手にしたがった。

「……染みる?」

そう思ってかタオルで勇太の肌を洗う秀の手は怖々とやさしく、勇太は意地を張って首を横に振るしかない。

長い時間をかけて、秀は勇太の肌の汚れを丁寧に落とした。髪も石鹸で洗われて、海の匂いもすっかりと消えた。

ぼんやりと、勇太は遠い記憶が不意に記憶の底から浮かび上がるのを見ていた。

まだ男が家に居つかない、本当に幼いころだ。気持ちの浮き沈みの激しい母親だったけれど、機嫌の良い日は本当にやさしかった。

——耳の裏まで、洗わなあかんよ。

忘れていた声が、唐突にはっきりと耳に返る。

置いて来た筈だ。そんないくつかのささやかな声も、磯の香りも、絶え間無く工場の立てる音も。そうだ。それがここにはない。そのことだけが、少し寂しいだけで。

「はい、終わり。湯船に浸かって」

「……えらいちんまいガキみたいにするなや」

下を向いたまま文句を言って、勇太は逃げるように湯船に駆けた。

「熱っ、入ってられんこんな熱いの!」

「百数えたらあがっていいから。たった百だよ」

飛び込んだものの体中に湯が染みて、勇太がついに悲鳴を上げる。

「そうだ。九九やろうか。お風呂来る度に」

「九九は全部言える！　読み書きソロバン、それはできるゆうたやろがっ。おまえ熱ないんかこの湯！」

時間が早いのか周りは耳の遠そうな老人ばかりで、二人の騒ぎを気にする者はいなかった。

「何処まで進んでるか、ドリルかなんかで見てみないとね」

「そうやってすぐ勉強の話やおまえは……」

「ごめん。つい……気が急《せ》いて」

「ほんまに俺九月からここいらの小学校通うんかいな」

「うん。江見教授が、私立が良ければ何処でも世話してくれるって」

「……あのじじいおまえのなんなん？」

思えば、何処か風変わりな誰の味方なのかさっぱりわからない白坂という弁護士もその江見という老人の使いだったし、忘れていたが二月までは自分の後見人は何度か会っただけのその老人だ。

「ええと……ゼミはね、来年からもう入ることが決まってるんだけど。僕は東京から、江見教授の書いた本を読んで今の大学を選んで。一年生の時に大教室で教授の国語学を取って」

「何ゆうとるんかちいともわからん」

それでも今の勇太は、自分でも秀でもない他人の話をしていられるのが楽に思える。

「だから、一年生の時に江見教授の講義で前期に出したレポートで、優を貰《もら》ったの。それで教授が気に入ってくれて、ゼミに入る前からいろいろ手伝わせてもらったりお世話になったりしてるの」

「……それだけか?」

納得が行かず、勇太は問いを重ねた。

「そう」

「親戚とか、おまえのじいさんのなんとかとか、そうゆうんやないんか」

「全然、他人」

「わっけがわからん!」

熱さとわけのわからなさに負けて、勇太が風呂を飛び出る。

驚いたように慌てて、秀が後をついてきた。

「そんなに?」

着替えながら勇太の困惑をまるで理解せず、秀は顔を覗《のぞ》き込んだ。

「他人やのに、なんで学生がひろて来た何処の馬の骨ともわからんクソガキのガッコの世話までですんねん。ちゅうか俺あのじじいの使いの車に飛び込んだのに後見人て、何するんかわからんようなガキやぞ！」

「でも、江見教授も……子どもは学校にいかなくてはなりませんねって。そうだ。ご挨拶に行かないとね」

「おまえらおかしいで。ずれ過ぎや」

「……弁護士の白坂さんが、最後自棄みたいにそれが学者ですからって高笑いしてたよ」

「俺はそっちのおっさんに同情する。あいつはまともや」

よく拭《ふ》きもせずに用意された着替えを着て、銭湯を出ようとした勇太をもたもたと着替えながら秀が追う。

「……なんや、これ」

追いついて来た秀を振り返って、目を疑って勇太は自分と秀の着替えを引っ張った。

「作務衣《さむえ》。夏はこれがいいでしょうって、江見教授のお手伝いさんが僕と勇太にお揃いで縫ってくれたの。いい藍《あい》色でしょ」

知らない肌触りの、手縫いの作務衣は構わないが、きっちり揃いだと言うのが勇太には恥ずかしくてかなわない。腹立たしいほどだ。

「一緒に着るの、すごく楽しみにして僕も袖を通さないでおいたんだ」

何かわかったようなつもりでついて来たけれど、もう勇太はこの青年の思うことがさっぱりわからない。

「おなかすいたよね。今日はもう一緒に夕飯食べられると思って下ごしらえしておいた」

早くこの揃いの作務衣姿を人前から隠したくて、勇太は答えないまま足を速めた。

アパートに戻って、それだけは慣れた作業なのか手早く秀が夕飯を用意する。

脚を立てられた真新しい飯台は、二人を意識して秀が最近用意したものだと、勇太にはもう様々なことが見えた。

「いただきます」

「……いただきます」

倣《なら》って、仕方なく手を合わせた勇太に秀が微笑む。

並んでいるおかずは唐揚げや肉巻きで、弁当に入っていて勇太がうまいと言ったものばかりだった。

食《は》んでも、勇太には味がしない。段々と全てがあまりに現実離れして見えて、すぐに消える幻のように思えてならなかった。

「おいしくない……？」

「……いや。うまいけど」

「ごはん、一人じゃないっていいいね」

何がそんなに楽しいのか、秀は飯台についてからずっと浮かれている。揃いの作務衣を着てからか。

何故秀は惑わないのだろう。それが勇太にはわからなかった。

後は無言で食べ上げて、片付けようとした勇太を、秀が止めた。

「今日からは、何もしなくていいから。……今日はもう寝よう、少し時間早いけど。疲れたでしょう?」

「病院より早いで。寝れるか」

呟《つぶや》いた勇太に秀は答えず、食器を洗っている。

なるべく隅に行く癖は急には直らず、秀に背を向けて勇太は膝《ひざ》を抱えた。

片付けを終えた秀が、離れたところに立って自分の背を見ているのがわかる。きっと、かける言葉が見つからないのだ。

「……ごめん。僕一人ではしゃいじゃって」

呟きながら秀は、押し入れから布団を出した。

「急に……ずっと住んでた場所離れたんだもん。勇太くんは不安になるよね。ごめん、本当に」

誰のしつけなのか白いシーツを、丁寧に秀は角を折って敷いている。

「横になったら、眠れるよ。絶対疲れてるから」

それを強く望むように、洗いたてのタオルケットと枕《まくら》を置いて、秀は勇太に寝ようと、促した。

無言で、秀に背を向けて勇太が布団に入る。

寝入るのを待つように秀はずっと勇太を見ていたけれど、やがてあきらめたのか明かりを消した。

聞きたいことが、沢山あるような気がした。勇太には。

けれどそれがなんなのかはっきりとはわからない。

秀の言う通りいくら気は張っていても疲れ果てていたようで、勇太はいつの間にか眠りに落ちた。もともとは、路上でも防波堤でも眠れるたちだ。

だが秀は勇太を見つめたまま一睡もしなかったのだろうことを、翌朝の彼の赤い瞳で勇太は知った。

一週間後に、秀《しゅう》が言った一軒家に簡単すぎる引っ越しをして、その家を見たときに勇太《ゆうた》はまたがっかりさせられる羽目になった。

がらりと、秀が古い引き戸を開けた家は築何十年などという域を越えていた。そこらで見た神社仏閣と勇太には変わらなく思える。

「ここ……なんや？」

　岸和田では一度も見たことのない、一階の引き戸を開けた途端に広がる土間と台所に勇太は目を剝《む》いた。

「二階が暮らすための部屋で、一階は台所とお手洗い。人が住まないとどんどん町家が……こういう建物町家って言うんだけどね。どんどん傷むから。手入れして暮らそうっていう物好きな学生に貸そうっていう動きが丁度この辺であって」

　自分がその物好きな学生の一人だという自覚は全くないという顔で、秀が明るいとは言えない裸電球を付ける。真昼なのに少し暗い土間全体を照らすには充分な明るさではないし、壁土は何故だか半分だけ和紙が貼《は》ってある。

「ごめん。勇太くんが来るまでに完璧《かんぺき》に手入れしようと思ったんだけど……中々思うように進まなくて。畳と障子は全部職人さんに替えてもらったんだけど」

　苦笑した秀が、こういったことに全く向いていないのは誰の目にもすぐわかることなのに、何故手入れが必要なところを借りたのかと勇太はただ呆れた。

　江見《えみ》が手配した業者が、少ない荷物をきれいに元のアパートのように納めて行っていて、頼りない階段を上がると、前と違うのは少し部屋が広いのと、突き当たりの障子の元に文机が二つ並んでいること。部屋の隅に電話と、テレビがどうにも居心地悪そうに置かれている。

「後二年は、ここで我慢して。いいところだと……僕は思うんだけど。ほら、それ雪見障子なんだよ」

道に面した障子の真ん中を、下から上へ、秀は上げた。

そんな風に動く障子を、勇太は見たことがない。見下ろすときれいな石畳が、やはりよそ行きの顔をしていた。何処からかパタンパタンと、機を折る音が聞こえる。

「じゃ、やっと落ち着いたところで、始めようか」

「何を」

「勉強だよ。八月の半ばまでに手続きしないと、公立に入るしかなくなる」

「それでええやんか。……てゆうかほんまに学校行くん？　俺」

「行きます。公立でも僕もいいとは思ったんだけど、でも教授が、私立の方が学生がおっとりしてて、勇太くんにはいいんじゃないかって」

「なんでや」

「慣れない場所ならって……気遣いだよ、多分。ちょっとやってみて。このドリル」

開かれたドリルに、勇太は顔を顰《しか》めて頬杖《ほおづえ》をついた。

確かにこの一週間は、おっとりとのんびりと鷹揚《おうよう》を三で掛けたように江見に挨拶に行ったり、足りないものを揃えて歩いたり、引っ越しの準備をして、町を案内すると言う秀について歩いて京都を迷ったりして瞬く間に過ぎた。

「俺勉強嫌いや」

落ち着くなりドリルかと、秀を睨《にら》む。

「やってみなきゃわからないよ。話してれば勇太くんが頭がいいことぐらいわかる。始めたら追いつくのなんかあっと言う間だから」

「ガッコが、嫌いなんや。おまえそうゆうたらずっと、学校に行かせなあかんておとんも言いくるめようとしとったけど。このまま俺が学校行かんかったらどないすんねん。帰すんか、俺のこと」

「……なんでそんなこと、言うの？　僕は、勇太くんが学校もし本当に行かなくたって……」

「……もうええ。やりたないからつまらん駄々捏《こ》ねただけや。どれや、やるわもう」

決まり切った言葉を何故だか聞きたくはなくて、勇太が鉛筆を掴む。

「なら、この辺」

ここから先二年とさっき秀が言った数字が、気が遠くなるほど長く感じられて、勇太は酷く滅入りながらドリルを埋めた。

「……四年生、ぐらいまではだいたいわかってるんだね」

「弁当に釣られておまえに仕込まれとったんやな、俺」

不本意だと、呟いた勇太を気にせず秀は喜んでいる。

「そしたら後一年半分……半月では無理かもしれないけど。学校行きながらわからないところと照らし合わせて、進めればなんとかなるよ」

「それをおまえがつきっきりでやるつもりかいな。自分の学校はどないすんねん」

「今は夏休みだし……大学生の夏休みは長いんだよ。それに、こっちに来てすぐのころはいろいろバイトしてみたんだけど」

「聞かんでもわかるわ。何処もすぐ首になってもうたんやろ」

「なんでわかるの？」

「なんでおまえはわからんのや。下の壁紙、俺が貼る」

「だから、何もしなくていいって」

「勉強だけしてられるかいな。おまえに任せとったらあの壁いつまでも土のままや！」

別にそれでも勇太は構わなかったのだけれど、何かやることがなければ一日もここにいられないような気持ちに襲われていた。

「なら、一緒にやろう」

「絶対足手まといやでおまえ」

「そんなことばっかり言って……」

罵《ののし》られてばかりなのに、秀はずっと、笑っていた。

さっき、真昼の光の下で、秀は勇太を連れて町家住まいの近所の人や、寺の住職に挨拶をして回った。オキシドールで抜いたのがさらに潮で焼けた勇太の金髪も気にならないのか、酷く嬉しそうに、「僕の息子の勇太です」と頭を下げて、名前の並んだ表札を下げた。

でも仮の宿りだ。

表札を見て、勇太はぼんやりと思った。江見の家政婦が一つでは夏は間に合わないからとまた縫ってくれた物の良い作務衣や、秀が買い与えるシャツのように、その表札は勇太に少しも馴染《なじ》まない。

いつ、何処に行こう。ここではない。この青年ではない。自分の傍らにあるべきものは。求められているものに応える自信が、既にないのだ。

笑んでいる秀の横で、裏切ることばかり、勇太は思っていた。機織りの音は、工場の板金の音には程遠くて。


言葉も少なく、勉強をして、合間に家を直して、食事をして、しばらくは日々が過ぎた。

何もかも借り物のような居心地の悪さはずっと勇太《ゆうた》に付きまとい、時折夜中に何もない外に出た。小遣いを少し持たされていたので、煙草《たばこ》を買い、ときには酒を買った。

秀《しゅう》は多分気づいていて、何も言えないでいる。

今日、私立か公立かと話して秀は強く私立を勧めたのだけれど、公立がいいと勇太が突っぱねると秀はあっさりと折れた。

本心では私立と秀が笑っている。なのに強い口調で突っぱねた勇太に、何故頷《うなず》いて、何故、笑うのか。

そのときにこの辺りが、もう限界だと、勇太は思った。

いつも外に出るときと変わらずにすっと、夜中に布団を擦り抜けた。あの港町に帰る気はない。だがこの青年ともう終《しま》いだと、音を立てないことに慣れている勇太が階段に向かう。

「……何処に、行くの？」

不意に、いつもはそれを見逃す筈の秀が、布団から半身を起こした。

驚いて勇太は声が出ない。何故今日に限ってという気持ちと、絶対に見過ごす筈だと思った秀が、そうしなかったことに。

「……こないに早う、今まで寝てへんかったから散歩や」

秀は何も言わずに、暗闇で勇太の方を向いている。

「いつもゆうとるやろ、早い早いて」

「でも」

西陣の夜は暗く、一間に二つ敷かれた布団の右側から起き上がった秀の表情は、勇太には見えない。

「……なんや」

苛々と、勇太は険のある声をそのまま秀にぶつけた。

女のようだと、勇太は思った。でも、だけど、だって。それから。

「……段々、散歩の時間が……長くなるから。心配で。寝つけないなら、家の中で何かしよう?」

行かないで、待って、だ。

重なって思い出されるのが、何処かで聞いた言葉だと思ったら、子どものころ母親がよく喚《わめ》いていた言葉だ。物を投げたりしながら男に言うので、そのころは母親が意味のあることを言っているとは思わなかった。

「試しなんやろ?　俺がここにおるんは。せやったら戻らんかったらあかんかったっちゅうことや」

「もう嫌になった?　何が嫌なんだか言って?」

「ああ……っ、もうほんまにっ。こんな早う寝られんて言うてんねん!　それだけや!!」

苛々が募って、勇太は足元の自分の枕を蹴った。

「じゃあ、テレビでも観る?」

布団から起き出して来て、秀はテレビをつけた。

真夏なのに、雨のせいか少し冷える晩だった。

呆れて勇太が見ていると、テレビの明かりに照らされた秀はただ乞うように勇太を見て、勇太はまた苛立ちの緒を切りそうになった。

「どこ、観たい？　一緒に観ようよ」

立ち上がり、秀が勇太の手を引く。

無理に、秀はテレビの前に勇太を座らせてタオルケットで包んだ。

「……言わんかったか。俺触られんの嫌いなんや」

肩に縋《すが》るようにしている秀に、小声で勇太が告げる。

「……聞こえへんのか。なあ」

なんのためにここに来たのか本当にわからなくなって、秀の細い指を、勇太はあてがわれた上掛けから解かせた。

「おまえはいつも夜早いんやろ。俺これ観とるから、散歩にいかへんから、寝えや」

「早くないよ。ただ子どもは早い方がいいって言うから」

何処までも自分を宥《なだ》めるような声が耳に障って、簡単に勇太が冷静さを手放す。もともと、今日が限界だった。

「全部嘘やろが！」

上掛けごと勇太は、秀を突き飛ばした。

「何が」

しらを切るような声に、それだけで気が済まずまた枕を蹴る。それが秀の腹に当たった。

「全部や。一緒に暮らしたい僕の子どもにて。俺のことああだこうだ言うて、ちょっともそれ俺のこととちゃう！　出てくと思ってんのに、昼間は笑って学校がどうした勉強がどうした。女みたいにただ俺の機嫌取って、それでええような顔して……っ」

癇癪《かんしゃく》が納まらずに、勇太は秀に上掛けを投げつけた。

「おまえだけへんな夢見て、俺そんなんにつきおおてられんわ」

「ごめん……」

「せやからっ、謝るワケがわからへん！」

「……ごめん……僕はずっと、君と暮らしたくて必死で」

俯《うつむ》いて秀は、投げられた上掛けを肩にかぶせたままでいる。

「だけどいざそうなったら……毎日」

「不満か。せやったらすぐ出てったる」

お好み焼き屋の女主人の言葉は、ここのところ何度も勇太の耳に返っていた。

――あんた、なんも想像できてへん。こんガキは幼稚園も小学校もまともにいかんと、昼間っからふらふらして。親にもほかされて、寝起きさせてもろてるおっさんにどつかれて。盗んで酒飲んで……ヤクかて手え出しとるんやろ勇太。こういうガキやで。どないしてあんたと暮らすねん。

秀は、本当に想像できていなかった。自分もだけれど、それ以上にだ。きっと秀の耳にも、同じ言葉は痛みとともに聞こえている筈だと勇太は疑っていない。

「そうじゃないよ。……信じられないくらい、君がいるのが幸せで。本当に嬉しくて。だけど、君は違う。どんどん、笑わなくなって、話さなくなって。少し気晴らしに外を歩くくらいって思ってたけど、昨日は……明け方まで帰らなくて」

「……おまえ、いつから寝てへんの」

はたと、ようやく、そのことに勇太は気づいた。

「わからない」

「痩せた、前より。何も幸せなんかとちゃうやんか。俺がおらん方がおまえ……」

「違う……っ。だから、毎日こんなに幸せで。だけど君は今にもいなくなってしまいそうで。怖くて……どうしたらいいのかわからないくらい怖くて……っ」

初めて、秀が勇太の前で泣いた。どれほど寝ていなかったのか、このときは秀も正気とは言えなかったのかもしれない。

けれど勇太には、よく見た光景だった。

「何処にも行かないで……っ」

そう言って泣いた女が、どれほどその男を求めているのか、それだけは勇太は知っている。

繰り返し繰り返し、見て来たのだから。

ゆっくり、勇太は秀に歩み寄った。このときはまだ、勇太は自分がどうするつもりなのかわからなかった。

投げた上掛けを、秀の肩に掛ける。肌は薄く骨に当たるようで、秀の憔悴《しょうすい》が皮膚から染んで来る。

小さな体で、不意に衝動で上掛けごと勇太は秀を抱いた。気が向けば男はそうして女を宥め、女はそれが酷く幸福そうだったからだ。

「何処にも行かへん。今日だけ……こうしといたるから、寝えや」

「……何処にも？」

「ああ、何処にもや。ここにおる」

そのまま体を倒してやって、今にも崩れそうな秀を、痩せた腕で男がするように勇太は胸に抱き締めた。

「これじゃ……逆だよ、勇太くん。僕がお父さんなのに」

「そしたら勇太くん、ゆうのええかげんやめや。何処のおとんが自分の息子そんな風に呼ぶん」

わからなかった沢山のことの中で一つ、勇太は確かに理解する。

「……勇太」

胸に縋りついて、泣いて、安堵して寝つくこの青年には、どうしても自分が必要なのだ。父親もわからず、母親にも捨てられ、稼げもしない自分が。

理由はわからなくても、秀には確かに自分がいてやらなければならない。

生まれて初めてそうして人にはっきりと求められて、酷く高揚する自分を、勇太はどうすることもできなかった。

「秀……眠ったんか」

男がするように、勇太は秀の髪に口づけた。

自分の物だという証しのように、抱いたままその背を、一晩中、少年の手が撫《な》でた。

自分でも驚くほど勇太《ゆうた》は真面目《まじめ》に勉強して学校に通い、秋が暮れ、京都には雪の深まる季節が来た。なんとか六年生に勉強が追いついて、そのまま公立の中学に行ってもどうにかなりそうなところまで勇太はなった。

結局小学校は公立に行ったが髪の色が抜けているのはだんじりの町から来たからだろうと級友たちは済ませてしまい、きちんと勉強するものだから教師もあまり小言を言えない。だいたいが学校で勇太に逆らおうとするものなど、いる筈もなかった。

それでも、今まで勇太が本当にどんな風に暮らして来たのか想像するものなど一人もいない。

「服一枚……靴一足、そういうことなんかな。着とるもんが同じなら、同じ人間やて疑わんもんなのか」

京都タワーの展望台からちらつく夕方の雪を眺めて、少し斜に構えた気持ちにもなって、ぼんやりと勇太は呟いた。

向こうに東本願寺《ひがしほんがんじ》、振り返れば東寺《とうじ》、東に大文字山《だいもんじやま》、その先に比叡山《ひえいざん》。いつまで経っても秀《しゅう》が迷う碁盤目の京都を、あっと言う間に勇太は覚えた。日曜になると秀は決まりごとのようにどこそこへ行こうというが、結局地図を見て手を引くのは勇太で、秋に嵐山《あらしやま》にはどうしても自分が連れて行くとむきになった秀がたどり着いたのは鞍馬山《くらまやま》だった。

「あれ、生きてけるよに生まれついてないな。俺がついててやらんとどないなってまうんや。卒業したら働くてゆうけど、どんな仕事ができるねや。あいつに」

憎まれ口ではなく、勇太は独りごちた。

そのころはもう、自分も中学を卒業しようというころだ。秀は反対するだろうが、高校には行く気はないから自分が働いて、秀は江見《えみ》のところで下働きでもすればいい。

「結局おとんとおんのとかわらんやないけ」

言いながら、勇太の口元が笑う。

なんだろう、この、底から湧《わ》き上がるような浮いた気持ちはと、時折勇太はその思いでいっぱいになりそうになってはなんとか目を合わせないように逸《そ》らした。

冷たいと思っていた西陣の人々も、勇太が目を開けるようになったら若い親子をよく気にかけてくれる。江見はもとより、江見の家政婦の勇太への気遣いは時折困惑するほどだ。季節毎の着物、寝間着、全て手縫いで揃えて寄越《よこ》す。秀に言われて礼に行けば決まって、今までが大変やったんやからと、おっとりと言っては泣く。

「待った?」

変に頰《ほお》を上気させて、秀が駆けて来た。

「待ったで。おまえが外で待ち合わせよとかゆうから、絶対ここやったら迷わへんやろと思たのに結局迷ったんかいな」

「そうじゃないよ。思ったよりいろいろ手続きが大変で」

「なんの」

問いかけるとただ、秀は酷く幸福そうに微笑んだ。

「気がついてた? 勇太。二月だよ」

「え……?」

言われて、勇太は今日が秀の誕生日だということを思い出した。

夏に自分が十二になったときは、秀は町家の土間で大仰な料理を作ってケーキを買って、何が欲しいといくら聞かれても勇太が答えないものだから、誰に勧められたのかプラモデルを買って来た。ただこそばゆい思いをしたその日はただ勇太は初めてのことばかりに恥ずかしくて、プラモデルも作らないまま衣装ケースの底にしまってしまった。だいたい、学校の勉強に追いつくのと秀の面倒をみるのに忙しくて、勇太はプラモデルを作っている場合ではない。

だからというのではないが、誰とも誕生日を祝う習慣などずっとなかったので、勇太はすっかり今日のことを忘れてしまっていた。

「誕生日か……俺なんもでけへんで」

「何言ってるんだよ。すごく、大きなプレゼントだよ。ねえ」

支離滅裂なことを言って、秀は既に浮かれている。

「何処でお祝いしよう、勇太」

「おまえが好きなとこに行ったらええ」

「そうじゃないよ。勇太が食べたいもの何?」

「……おまえの、唐揚げや。けど誕生日に自分で作らんでもええやろ。俺やろか?」

「唐揚げか……じゃあ下で材料買ってすぐに帰ろう」

「なんのために外で待ち合わせしたん」

「どっかでお祝いしようと思ったんだよ」

「そしたらどっかでメシ食っていこて」

「……そうだね。家まで待てないかも。ここで、見せてもいい?」

「何をや」

焦《じ》らし切れていない秀にそれでも焦れて、勇太は気短かに足を鳴らした。

「見て」

大事そうに秀が、鞄《かばん》から役所の名前が印刷された封筒を取り出す。

「……あ」

それでようやく、勇太も思い出した。

二月になったら、自分の名字があの難しい字に、正式に変わることを。

丁寧に秀が広げようとした紙を、引ったくるようにして見入ったのは勇太の方だった。

何度も、嘗《な》めるように上から下までを見た。もう、信貴《しぎ》勇太ではない。信貴勇太は何処にもいない。

この紙に書かれているのは、阿蘇芳《あすおう》勇太という人間が今生まれて、父親は阿蘇芳秀だということだ。

「勇太、今日からちゃんと、僕の……息子なんだよ。僕の」

「おまえが、俺のおとんか。……なんちゅう頼りない」

「……喜んで、くれないの？」

「あはは、嘘や。阿蘇芳勇太て、えらい、ええ名前や。俺ほんまはずっとそう思てた」

「丁度中学に上がるところだから。中学から名乗るといいよ」

「いいや」

強く、勇太は首を振った。

「全部、明日書き換えてもらう。名簿も、下駄箱も名札も。卒業証書かて、そしたら阿蘇芳勇太で貰えるやないか」

「いいの？　後少しなのに、今の学校」

「だってもうおらんもん、信貴勇太なんてヤツ。しゃあないやないか」

笑うまいとしても、どうしても勇太の頰が緩む。秀はもとより、ずっと心待ちにしていたこの日を喜んでその喜びを隠すつもりなど毛頭ない。

これで何もかもが変わったのだと、雪が降る二月の京都タワーを出て小さなレストランに入って、二人は秀の二十歳の誕生日を過ごした。

食卓にはいつまでもその抄本があって、秀も勇太も、何度もそれを見ては口元を緩める。

それがただの紙でしかないことに、今はまだ、気づけもしないで。


「なんやもう雪が降りそやな……」

着替えるのが面倒で制服のまま、勉強している振りをして勇太《ゆうた》は雪見障子から外を眺めた。

でかくなるからでかく作れと秀《しゅう》に言って、大きめに仕立てた筈の学ランになかなか勇太の体は追いつかない。

中学も二年になって、ゆるいズボンに学ランの袖をたくして羽織っているので、「何かのようだ」と時折さめざめと秀が泣くのが勇太はおかしかった。

十四にもなれば、もともと大人の中で育った勇太は、世間のことが良く見えて来る。文机に突っ伏して秀がぼんやり悩む理由も、とっくにわかっていた。

「……前からゆおうと思てたんやけどな、秀」

ぼんやり、に入ってしまうと秀に声を聞かせるのは一苦労で、文机の端を蹴る。

このぼんやりはここのところ酷いが、少し、勇太は時折秀が遠くを見ているのが気になった。今彼は現実的な悩みを一つ抱えてはいるけれど、そのあまりに遠くをみる瞳は少し前からだ。

何かを待つように、何処かを、誰かを思うように。けれど秀に自分のほかに誰がいるという。肉親もいない、東京で育ったというのに一度も帰りもしない。

反応しない秀に、もう一度強く勇太は文机を蹴った。

「え？　な、なに」

「あきらめえや」

「なにを？」

「就職」

「……っ……！」

　そんなことは勇太も言いたくはなくて、息を飲んだ秀に溜息をつく。

「そんな……江見《えみ》教授みたいなこと言って……っ」

「せやから、あのじいさんに大学残れて言われてんやろ？　別にそれでええやないか。俺もおまえ追っかけて一年で中学終わるし、そしたら逆に俺が働いたるて」

「な……っ。高校だけは絶対行ってもらうからね！　大学だって僕は行って欲しいと思ってるし」

「何ゆうてんねん。義務教育きちんと終えただけでもようやったてゆえ」

　大学などと、およそ自分からは程遠いことを言う秀には呆れて、勇太はまた外を見て頬杖をついた。

「俺ニュースで見たで。就職バブルで、企業が学生捕まえたら次受けさせせんために海外旅行連れ出してまうて。そういう時に春からおまえ……何社受けた。なんで全部落ちる。よう考えてみい」

「なんで？」

　本当にわからないと、きょとんとした顔で秀が勇太を見上げる。

「……わっからんのかいな！　社会が！　おまえを求めてへんのやっ。単純な話や。四年住んだ町でまだバスにもよう乗れん。すぐぼうっとして、考え事かなんかしらんけど始まると手が止まる、火ぃかけっぱなしやろがなんやろが。この町家かていつ燃えるかて、こないだ自治会の会長さんに俺褒《ほ》められたで。息子さんがしっかりしてはるからて。……そうやなかったらとっくに追い出してるて顔に書いてあったわ」

何故この誰にでもわかるが誰も言いたくはないことを自分が言わなくてはならないのかと、勇太は息子の立場を呪《のろ》った。最近ではしょっちゅうだ。

「ぼ……僕には！　教職っていう最終手段があるもん‼」

「なあにが、あるもん、や。今日びの学生嘗めたらあかんで。殺されるど」

「女学園に行く。京都の、おとなしいお嬢様の」

「女学園が取るか。おまえみたいな若くて顔のええのが行ったら、それだけでメスガキは気が散るて。そんで授業中にナプキン投げられたりコンドームぶつけられたり、したいんかいな」

「お、女の子がそんなことを……？」

「小学生ならまだあれなんやろけどまた免状がちゃうんやろ？　だいたい基本的な問題としておまえの声が教室の後ろまで通るとはとても思えん」

「う……っ」

机に縋ってしくしくと秀は泣き出してしまった。春から、この卒業が見えて来た冬近くになっても、受けても受けても一社も決まらないので秀もさすがに気持ちが弱っている。

「ああ、泣くな泣くな。……なあ、真面目な話おまえ、俺と会わんかったら大学残って、江見のじいさんみたいになる筈やったんやろ？　ちゅうか他に想像つかんし」

「勇太と会わなかったなんて考えたくもないそんなのっ」

頭をくしゃくしゃと撫でてやった勇太に、むきになって秀が顔を上げた。

「わかったわかった。そんでもまあおうてしもて、俺もこない立派んなって。ええやん、そしたらおまえは江見のじいさんの世話んなって勉強続けえや。どうしても高校行け言うんやったら定時制でも行って、俺働いておまえ食わしたる」

「逆だよー、それじゃ最初と話が逆だよー」

「俺は最初からこうなる気いしとった。いつおまえに話そかと思ってたんや。しゃあない。社会や、な？　社会が悪い社会が」

「だけど……」

涙を拭って、ふと、心底不安そうに秀が勇太を見つめる。

「定時制に行って働けるようになったら……勇太……」

そして最後まで言えずに目を逸らして、秀は唇を嚙《か》み締めた。

「……なんや。何が不安や」

イラと、仕方のないものが勇太の腹の底を焼く。

これは自分の性で、どうしようもないもともとの持ち物だと、勇太はその苛立ちを最近では外に持ち出すことを覚え始めていた。

義務教育が終わって独り立ちできたら勇太が出て行くかもしれないと、秀は、まだ、疑っている。疑われれば勇太も、苛立ってそうしないと言い切れない自分に気づかざるを得ない。

ずっと秀が大義名分にして来た「学校」というものがなくなったときに、どうなるのか、本当は二人ともまだわからないし触れようとしたこともない。だから余計に、勇太は秀を何もできないままにしておきたかった。今度は自分がみてやるしかないと、それなら言うことができる。

核心から逃れられずに沈黙を振り払えない二人を救うように、滅多にならない電話が鳴った。

掛けてくるのは大抵江見だ。

「ガッコに残りますて言え。他にできることなんかなんもない」

憎まれ口のように勇太が言うのに、渋々と秀が電話を取る。

「……はい、阿蘇芳《あすおう》です」

名乗ったきり、随分と沈黙が、長く流れた。

「もしもし？　阿蘇芳ですが……」

何も言わない相手に丁寧に秀が言葉を重ねる。

「いたずらか？　切ってまえ」

勇太が言った途端秀が、「あ」と、小さく悲鳴のように声を漏《も》らしてその口を押さえた。

向こうが名乗ったことは、勇太にもわかった。驚いたのはその、秀の瞳だ。

ぼんやりと秀が遠くを見る度に、勇太は、誰か、いるのだろうかと時折疑うようになっていた。

女か、もしかしたらいないと言っている肉親か。自分では秀には充分でなくて、決して足りてはいなくて、もう一人の誰かを本当はずっとずっと待って、それを勇太にさえ隠しているのではないかと。

思う度に、秀に限ってあり得ないと、首を振りはしたけれど。

「……久しぶり。どうして……ああ、学部誌を読んだの。そうだよね専攻一緒だし」

変に早口になって、秀がまた黙る。

その秀は、一度も勇太が見た覚えのない、なにもかもが違って見える秀だった。

何処かで、電話の主は時折想像したその誰かだと勇太は確信したけれど、いないと目を逸らしていたものをいきなり認めることはできなかった。

「……おめでとう。君なら、どんな商社だって欲しがるよ。え……出版社？　ああ、そうなんだ。いいところに、決まったね。在学中から研修なの？　すごいね」

切れ切れの細い声は、どう聞いても喋《しゃべ》るのに精一杯で、内容を後で秀が覚えているかも怪しいくらいだ。

「……僕は、もう何も書いたりは。いろいろあって、忙しくて。そんなの……無理だよ。試しにって言ったって」

首を振って、秀がその場に座り込む。

「それは……そうだよ、君の言う通りこのご時世なのに就職なんか一つも決まってない。大学にも残らないし、女子校の先生にでもなろうかって今」

そこまで言ってどうやら秀は、電話の相手に勇太と同じことを言われているようだった。続けて二人に同じことを言われて、秀の肩が落ちるところまで落ちる。

「……わかった。試しに……何か、考えてみるけど。あんまり期待しないで。ずっと、論文しか書いてないいし。うん、卒論はとっくに済んでる」

少しだけ秀の声が、冷静さを取り戻した。

「わかった。就職活動の一環だと……思うことにする。……ねえ、君は」

元気と、秀が言うところまで相手は待たなかったのか、電話は切れたようだった。

その受話器を放せずにしばらく呆然《ぼうぜん》と座り込んでいる秀に、「誰からだ」と、勇太は何故だか容易に聞けない。

「秀」

少し強い声で名前を呼ぶのが精一杯だった。

「……どないしたん」

小さな声で言って、強く握っている秀の手から受話器を取ってもう繋がっていない電話を勇太が切る。

「あ……東京の、高校のときの……」

説明が、秀には難しいようだった。

「向こうに友達なんかおったん。おまえ」

座って立ち上がらない秀の横に、勇太は屈んだ。

「……友達、じゃない。同級生。出版社に就職が決まって、部署ももう決まって研修に抱えられてるって。僕とは大違いだね」

言葉を並べて、ようやく勇太を見て秀が苦笑して見せる。

「その同級生がなんなんや」

「……うーん。可能性ゼロに近いと思うけど、もしかしたらおこぼれで仕事貰えるかもしれない」

「東京でか⁉」

「ううん？　違うよ。東京で就職なんて……考えたこともないよ」

思わず声を荒らげた勇太に、ようやく目が覚めたような顔で秀ははっきりと言った。

「……なんや、けどそれも不自然やな。おまえもともと向こうが地元やん。そもそもなんでわざわざ東京から京都の大学になんかきよったん」

「だから、それは江見教授の本を読んで講義を受けたかったからだよ。前に言わなかったっけ？」

「けど、根津《ねづ》のじいさん死んだからかて一度も帰らんのおかしないか？」

「……勇太は、岸和田《きしわだ》に、帰りたい？　中学生になったし、一日ぐらい制服姿見てもらいに行こうか」

「なんべん言うたらわかるん！　俺絶対二度とあそこには戻らんしあのおっさんにも二度と会いたないっ。俺の話してんちゃう、おまえ……」

言いながら、自分が帰りたくないのと同じぐらいの何か理由があるのかと、不意に勇太が気づく。

秀が、縁のない京都に来て、東京に帰ろうとしないわけが。

「東京にはもう、帰る場所がないんだ。実家は人の手に渡ってマンションになってるし、会いたい友達も……いない」

「なんで京都なん。就職なら大阪《おおさか》の方がぎょうさんあるで」

「大阪の速度に、京都の僕がついていけるわけが……」

「あんなあ、おまえのとろいん京都のせいにしよったら、京都中の人間が怒るでしまいには」

あくまで自分に何かできると思っている秀に苦笑して、勇太は大きく伸びをした。

まだ、何か不安の根が強く自分の中に残っていたけれど、秀に抜け落ちたようにわからないところがあるのはずっとだ。本当はそこは完全に欠けていて何もないのかもしれないと、勇太は最近ではそういう秀をあきらめとともに見ることがある。

目を逸らす癖は、簡単には癒《い》えないと、勇太は気づいた。

ふっと、母親が出て行く直前の固まるようだった自分を思い出す。何かある、そう思っているのに何もできないから見ないようにして外に目を向けて。

わからない、見えない秀のその部分は欠けていて、ない。だから自分といて今の秀が、精一杯の満ちた秀なのだと、勇太は確かめるようにぼんやりとした色の薄い瞳を見た。

「……ちょお、出て来る俺」

「こんな時間に？」

「おまえとちごて、ちゃんと仲間おるんや俺には。おまえとばっかりいつまでもトロッコ電車乗ったりしてられるかいな」

「そうかも……しれないけど。最近夜、遅すぎるよ勇太。隠してたってわかるんだから、これ駄目！」

滅多に見せないすばやい動きで、秀は勇太に買い与えた黒いジャケットのポケットから煙草を抜き取った。

「ああっ、返せや！　もう小学生やないんや、ガッコの連中かて隠れて便所で吸ってんのぎょうさんおるっ」

「お酒の匂いも……時々する。駄目だよ勇太。煙草とお酒は本当にやめて」

「普通や。せやからゆうたやろ今日びの学生嘗めたらあかんて。普通のこっちゃ」

「そんな筈ないでしょまだ中学二年生なのに！　煙草なんか吸ってたら背が伸びないってなんべん言ったら……っ」

「背のことは言うなどあほ！」

思いがけずきつい声で、勇太が声を荒らげてしまう。

言ったことは本当にくだらないが、もう大人の声になりかけた罵声《ばせい》が、酷く、昔聞いた男のものと似て耳に響いた。

すっかり閉じていた心の底にしまい込んだ過去の蓋《ふた》が、不意に開く。無防備でいた勇太の中に。

自分は、もともと違う。

誰とというのでもなく、何がというのでもなく。

その思いが喉に込み上げて吐き気がして、後は言葉もなく勇太は夜の町に出た。

暮らしに秀《しゅう》が選んだところは町全体が夜が早いが、少し街中に向かえばもちろん繁華街がないわけもなかった。

四条《しじよう》の裏道、高瀬川《たかせがわ》の近くに行けば、普通に何処《どこ》にでもいる悪ガキがあてもなく座り込んだり修学旅行生をカツアゲしたりしている。その金で酒を買ったり、時には盗《と》ったり、やってることは前と変わらないと時折勇太《ゆうた》は思いはしたが、何かそこには別の悲壮感があった。

あのころ、港の町で自分たちが物を取り合ったり店の物を盗ったりしたのは、どうしてもそれがそのとき必要だったからだ。

「……おまえら金持ってないワケやないやろに」

風俗の呼び込みが聞こえる路地に座り込んで、名前もよく知らない、最近知り合った歳の近い連中と、酒を飲み煙草《たばこ》を吸いながら勇太はぽつりと言った。

「けどすっきりすんねん。なんや」

似ているが少し違う言葉で、彼らは話す。

飢えているいないということではなく根本は同じなのかもしれないと、その言葉を聞いたら勇太は思いもした。

何かの弾みで殴り合ってつるむようになった連中だが、どうやら特に家庭が貧しいというわけでもないのに誰も学校に行っている様子がない。甘えるなと最初勇太は思ったが、端でシンナーに溺《おぼ》れている少年を見ていたら、自分も何も変わらないように思えた。

何かから逃げている。捕まらないように、必死で。

「おまえよう飲むなあ、勇太」

「ああ……ずっと飲んでんかったから飲めんようになったかと思うてたけど、そんなことないな。いくら飲んでも足りひん。酔われへん」

少年の一人に問われて、自分でもそのことが不思議だと勇太が首を傾《かし》げる。

「アル中なんちゃうの」

「何年も飲んでへんのにアル中なわけあるかいな」

「けど一回なったら一生飲まへんようにするしか治る方法ないって、聞いたことあるわ。前はちまちまやったけど、最近おまえ酒が切れると苛《いら》つくゆうとるやん。それアル中や」

「……そないなことない」

酷《ひど》く腹立たしいことを言われた気がして、勇太は少年を突き飛ばした。

「怒るなて。なあ、先斗町《ぽんとちょう》の方行ってみいひん？　若いのならただでも相手するっちゅうババアおるて聞いたんや」

「ほんまかいな。いこいこ」

少年たちが喜んで立ち上がるのに、不意に、勇太は吐き気に襲われて口元を覆った。

「こんの？　勇太」

「俺……ええわ。あないなとこ、ガキが行ったらえらい目あうで」

「それでもやれるんやったらかまへんわ」

浮かれて少年たちは、年かさのいった男たちが通う、店を揚がった老芸妓が店を持つ先斗町へと駆けて行く。

ふと気がつくとその場には、シンナーのやり過ぎで横になっている少年と、最近いつも自分の隣になんとなくいる一衣《かずい》が居た。

「おまえは行かへんのか、一衣」

「うん……興味ない」

うっすらと笑んだ、この華奢《きゃしゃ》で歳は自分より上なのだろうに大人になれないでいる少年の名前だけを、はっきりと勇太が覚えたのは、何処か彼が秀に似て見えたからだ。おとなしくて何故連中とつるんでいるのかよくわからなかったが、どうやら家に帰っていないらしく、いつも一衣はこの辺をふらふらしている。悪い噂《うわさ》があって仲間たちは一衣を嫌ったが、勇太がなんとなく横に置くので誰も何も言わなくなった。

「勇太もいつも行かへんな。みんながナンパ行ったりするとき」

「俺の興味ないんや。女なんかうっといだけや。学校にもおらんかったらどんなにええかてよう思うわ。化粧臭くてかなわん、教室」

「……祇園《ぎおん》、行かへん？」

「あっちもガキの入れるとことちゃうやろ」

「けどお稲荷《いなり》さんかてあるし、きれいやで。僕よう行くん。いこ」

手を引かれて、逆らい難い引力をその瞳に感じて、ふらりと勇太が立ち上がる。

「あいつええの、あのまんまにして」

シンナーを手にしたまま横になっている少年を、勇太は指した。

「警察に持ってかれた方がええ。あれ以上やったら死んでまうもん」

それが一衣なりの親切なのかと納得して、勇太は一衣と深川《ふかがわ》を越えた。すぐに長い橋を渡って祇園に入ると、空気が一変する。黒塗りの車が並び、身なりのいい玄人《くろうと》女が楚々《そそ》と歩いている。

「こないなとこ来たかてしゃあない」

「僕、お金持ってるよ」

「せやけど、どこの店がこんななりしたガキ二人入れてくれるっちゅうねん」

「……入れてくれるとこも、あるよ」

なんとなく勇太は、一衣が何を言わんとしているのかわかった。こういう相手に会うのは初めてではない。何か、向こうなのかこちらなのかそれはわからないけれど見つけて来るのだろう。一時でも満たしてくれる相手を。

「……どないしょかな」

焦《じ》らしたのではなく本当に迷って、勇太は独りごちた。一度、相手も自分もわけもわからないでただ衝動だけでことに及んで、シーツを相手の血で血まみれにさせたことがある。同じことはもう嫌だが、一衣が慣れていることには多分間違いない。

白い横顔を、勇太は見つめた。おとなしくしているなら、自分の女にしてやってもいい。

「一衣……おまえ」

言いかけて勇太は、思いがけない人が遠目に居るのを見つけた。そのころ勇太は左目の視力が酷く落ちていたけれど、彼だけは、見間違いようがない。

「何？　知ってる人？」

「……おまえ、祇園よく来るんか。あいつ、知ってんか」

建物の影に入って、少しも似合わない女と連れ立っている青年を勇太は指した。

「うん。たまに見かける」

「横におるん……あいつの女か」

「さあ。いつもうろうろしてるだけなんだ。年のいった女の人に声をかけては、なんか聞いてるみたい」

一衣の言う通り、秀は、一定の年齢の女に声をかけては、すげなくされたり無闇に触られたりしていた。皆若作りだが、秀の母親でもおかしくない年の女たちばかりだ。

やがて、秀は時計を見て、ずっと傍らにいた女が腕を引くのに首を振って鴨川《かもがわ》の方に歩いて行った。自分が戻るころかと思ったのだろうと、建物の上にある時計を見て勇太はわかった。

衝動で駆けて、秀に置き去りにされた女の腕を摑《つか》む。

「なんや。あんたにはまだ早いよ、お帰り」

はんなりと女は笑うが、春を鬻《ひさ》ぐ汚れが頬《ほお》に映っていた。遠目で見たより、この女は若い。秀より少し上というところだろうか。

「あんた、あいつの女なん?」

「あいつ……? ああ、学士さんのこと? 何、あんた弟かなんかなん?」

「俺におうたて、あいつに言うたら殺すで」

「おおこわ。最初に道聞かれて、それから会う度誘ってんのやけど冷たいもんや。年増にしか興味ないみたいやわ」

「あいつここで何してんねん」

「人探しみたいやなあ」

女は口が軽く、聞けばなんでも答えてくれそうで逆に勇太は続きを聞くのが怖くなった。

「だれや」

「父親やて。なんや十……七、八年前に、この辺の芸妓宿にふらふらしとった子連れの男覚えてへんかって。そんな名前しかわからんと消えたような男、だあれも覚えてへんよてゆうてやったのに」

「子連れ……?」

何か、辻褄《つじつま》が合わないと、胸を押さえて勇太は下を向いた。

「大丈夫? あんた。ちょっと! あんたこの子の友達なんやろ。連れて帰りやさっさと」

「……はい、姐《ねえ》さん」

「なんや一衣かいな。そしたらこの子もあかんか」

一衣はこの辺では顔なのか、女は遠くにいた一衣に勇太を預けて消えてしまう。

「どう……したん勇太」

「……酒が、足りん。おまえ金持ってるてゆうてたな」

「うん。自販機で買おか?」

崩れそうな勇太を支えるようにして、一衣が尋ねる。

「ワンカップ買《こ》うてくれ。なんでもええから」

言われるまま一衣は、勇太に酒を買い与えた。

一つ、確かめた筈《はず》の信じたものが、勇太の中で簡単に揺らぎ崩れ始める。

「もっと、買うて」

何も考えたくなかった。一つだけ頼りにしていたものが嘘《うそ》だと、思う心を消し去りたくて、勇太は酒をせがんだ。

目が覚めると、勇太《ゆうた》は何故だか部屋の布団《ふとん》に寝かされていた。どう見ても西陣《にしじん》の町家だが、点滴をされていて、帰る医者を秀《しゅう》が見送っている。

今が何日で、何時なのか少しも頭が働かない。

「……気がついたの、勇太」

青ざめた顔で秀が、勇太の枕元《まくらもと》に駆け寄った。

「お白湯《さゆ》、飲んで。沢山飲んで」

言われなくても喉《のど》が酷く渇いていて、与えられた白湯を勇太が一息に飲み干す。

「なんや俺」

「急性アルコール中毒で倒れたんだよ。勇太の友達が電話してくれて、救急車呼んでもらおうと思ったんだけどお友達がそれはやめた方がいいって」

「……一衣《かずい》がか。あいつ意外にさかしいな。そや。病院運ばれたら学校やら警察やら来て、大騒ぎやないか」

「白坂《しらさか》さんも……親権問題に関わって来るかもしれないからって、お医者様呼んでくださって。いろんな人に、迷惑かけたんだよ。どうしてこんなこと……」

「るっさいわ！　頭に響きよんねんっ」

咎《とが》めるように言った秀に、まだ抜けない酒のせいで胸が悪くなって、酷く痛む頭を抑えられず勇太は湯飲みを投げつけた。

壁に当たって弾けた破片の一つが、秀の頬を深く傷つける。

勇太の父親がしたように、秀の頬が、汚れた。

「おまえ、大学京都《きようと》にしたん、江見《えみ》のじいさんのせえだけて嘘やろ」

「どうしたの……急に」

切れた頬のことに、秀は気づいていない。

「父親、探しに来たんやろ。祇園で香水臭いババアに聞いたわ」

「……純子《じゆんこ》さんに、会ったの」

「偶然おまえのこと見かけた。聞いたらぺらぺらあの女よう喋《しやべ》りよった。十六、七年前子連れやった男って、その子どもておまえのことなんちゃうん。最初から一人やったって、何も覚えてへんておまえ俺に言うたのあれ嘘やないか！」

「本当だよ。嘘なんかついてない！」

叫んだせいで、勇太のこめかみは余計に酷く痛んだ。

「僕は……生まれてすぐ、本当にすぐ母親がいなくなって。祖父母がなじったら、父親が乳飲み子だった僕を連れていなくなったって。何年かして、名札首から下げて連れ込み宿に僕だけ捨てられてたって……祖母が。不自然かもしれないけど、僕そこまでの記憶が少しもないんだ。京都に来たら何か思い出すかと思ったけど何処を見ても何も感じないし、だいたい最後に僕を捨てたのが父親かどうかも……っ」

言い訳を重ねる秀の襟首《えりくび》を、勇太が強く摑み上げる。

「ほななんで探すんや!?」

ああ、まただと勇太は痛みにぼやける頭の隅で思った。

「俺はおとんもおかんももうどうでもええで！　捨てさせたのおまえやっ。けど……父親見つかったら、おまえにはもう俺はいらんのやろおまえ。なあ！」

繰り返し見た光景だ。あんなことを繰り返して生きて行くのは嫌なのに。

「俺、一衣のとこ行く」

「勇太、待って！」

無理に立ち上がった勇太の背に、秀が縋《すが》った。

「もう探さない。探さないから……っ」

「嘘や。おまえ最初っから嘘ついとった。俺がいればそれでええて、幸せやて。全部嘘やないか……っ」

「違うんだ僕は。生きてても父親なんかに何も期待なんかしてないし、ただ何も」

振り払われて秀が、畳に膝《ひざ》をつく。

「何もわからなくて、手掛かりが欲しかったんだ。勇太とちゃんと親子になって行く毎に、不安で」

「なんがやっ」

したくないのに、声が強くなって勇太は自分で耳を塞《ふさ》ぎたいほどその声が嫌だった。けれどきっと、今は自分を宥《なだ》めてもただ繰り返す。よく見ていた。父親と母親のやり取りだ。男と女のやり取りだ。

そうしてやがて母は出て行った。この青年もやがて疲れるだろう。

なんのために、自分は試すのだろう。なんのために彼は試されているのだろう。

「なにがって……」

問われた言葉に、ぼんやりと秀が顔を上げた。

「わからない」

「わからんわからんて」

いつもこうだ。肝心なときに、いつも秀はこうだ。もう勇太はとてもそこにはいられなかった。

「おまえがそんなんで俺に何がわかる!」

「勇太っ」

駆け出そうとした勇太の背を、強く、秀が抱いて止める。

「捨てないで」

泣いているのが、肩が濡《ぬ》れて勇太に知れた。

「お願いだよ。僕を捨てないで」

涙は本物だ。

「……勇太がいなかったら、僕はもう生きていけない」

言葉を信じるのは難しくても。

縋られて泣かれて、その場に秀を捨てるのは、勇太にはできないことだった。

わからないと秀の言うその手掛かりが、勇太には、本当はここにある。

まだ、そう信じたくて。

酒が抜けても、秀《しゅう》は白い顔をして勇太《ゆうた》から目を放そうとしなかった。白坂《しらさか》の言葉が効いたのだろう。丁度冬休みが来て、一日中ともにいようとする秀の必死さに、勇太は押しつぶされかけていた。

「就職……あきらめたんか」

時折勇太を振り返って、日がな一日、秀は文机に向かって何か書き物をしている。

「同級生がくれるかもしれない仕事……やってみることにした。在宅でできるし」

「なんの仕事や」

あまりに秀が必死で勇太も腰を上げる気にはなれなかったが、だるさと渇きと、目眩《めまい》が時折勇太を襲った。

——アル中なんちゃうの。

頻繁《ひんぱん》に、少年の言葉が耳に返る。すぐ隣で言われたような気がして、時折勇太は本当に横を振り返ったりしては秀を不審がらせていた。

「……それは」

「言われんような仕事か」

「まだ、仕事になるかわからないから。文章を……書く仕事だよ」

「どんな」

尋ねると秀は、頭を抱えて顔を伏せる。

どうしても言いたくないらしいと、勇太は少し笑って原稿用紙を覗《のぞ》き込んでやった。

「見ないで」

「なんやそれ。小説か。おまえ小説家になるんか。何書くねん」

「……SFとか、ファンタジーとか」

「あははは、全然似合わんやんけ！　ワープロもよう使わんと、SFかいな」

「古典SFはいっぱい読んだし、高校のころは映画もいっぱい観たんだよ。ちょっと……読まないでよ！」

原稿用紙を取り上げた勇太を、必死に秀が追う。

「それ覚えてて同級生が連絡くれたんかいな」

少し、秀のただの同級生だという話を真に受ける気になって勇太ははしゃいだ。やはり秀には自分だけだ。欠けた部分には何もない、最初から。

「そうだよ。返してってば！　勇太‼」

よほど恥ずかしいのか部屋中を追い回して、最後原稿用紙を掴もうとして秀は勇太の上に転んだ。

「……返したるがな。読んだかておもしろない」

「本、もっと読んだらいいのに」

勇太の肩に乗ったまま、横たわって秀が言う。

けれど電話を受けたときの秀の様子のおかしさを、ふと、勇太は思い出した。よくわざわざ居場所を調べてとその同級生には感心するが、秀のあのときの緊張は今思い出しても不自然だという思いがどうしても拭《ぬぐ》えなかった。

同時に、縋るように自分を祇園に連れた一衣の顔を思い出す。

喉が、異様に渇いた。一衣で満たそうかとしたことを、不意に、血が熱くなってはっきりと思い出す。

「俺……ちょお出掛けて来るわ」

「だけど……」

「ずっとこおはしてられんやろ。昼間やし、悪さかてできんて。謝って来るわ、あいつの金で飲んだんや。あの日」

「電話、くれた子」

「そうや。昼間でも高瀬川の辺りにおんねんあいつ。暮れる前には帰るし」

「そう……」

「俺、一生ここに閉じこもっておられへんで。大丈夫や、懲《こ》りた。こないだのことは」

見ると、秀の目の下にはまだはっきりと勇太が投げた湯飲みの破片で切れた跡が浮いていた。

見ていられなくなって、逃げ去るように勇太は、上着を着て家を離れた。

いつか、きれいに物事が嚙《か》み合ったと、思った日があった筈だった。秀には自分がいてそれで充分に足りて、自分はなにもかもが変わって違う人間になって。

なのにどうして秀の頰には傷が浮いて、どうして秀はあんなにも不安そうに自分を見るのをやめないのか。

早く、この歪《ゆが》みを埋めなくては。埋めればきっと、また元に戻れると、高瀬川に向かって勇太は走った。

「おまえ、もしかしたらほんまにちょっとも家に帰ってへんの？」

一人で路地裏を薄着でふらふらしている一衣《かずい》の肩に、勇太《ゆうた》は自分のジャケットを掛けた。

「勇太……心配した。大丈夫やったん？」

「おまえのお陰で、警察も学校もスルーや。助かったわ。すまんかったな、あないな醜態見せてしもて」

「ううん……僕がどっかで止めれば良かったんや。いつも勇太酔わへんからつい」

すまなさそうにしている一衣の手を、勇太は引いた。

「……酒で潰《つぶ》れて、みっともなかったんとちゃうん」

顔を覗いて尋ねると、一衣は必死で首を振る。

「俺のこといやんなったんとちゃうん」

「そないなことない」

「……そしたら、こないだ言うてたとこ」

祇園へ、勇太は一衣と足を向けた。

「昼間でも入れるん？」

「……うん。昼間の方がええ」

俯《うつむ》いて、一衣が頷《うなず》く。

真冬の鴨川《かもがわ》を、二人は渡った。言いなりの一衣を、酷く、泣かせたい衝動が勇太を襲う。置き去りにして来た青年に物をぶつける代わりに。

家に帰らず、夜は客を取って男が取った宿に寝起きしていると、それが一衣の噂だった。祇園に定宿があるのだろうと思ったら案の定、上品な並びの裏手の、陰に隠れたような連れ込みに一衣は勇太を連れた。

「……奥の部屋、使ってええ?」

顔の見えない女に、一衣は聞いた。

「お父さん怒らはるんとちゃうの。面倒はごめんやで」

「昼間は偉いさんやもん。言わんでおいて、姐さん」

早口に言って一衣は、本当に一番奥にある和室に勇太を招き入れる。

「……お父さんて」

「そう、呼べていわれてんねん。この部屋借り切ってる人。きっとどっかの偉いさんや、誰かもようわからへんけど。いつでもここで休んでええて言わはるから、平気よ」

「ええのかいな、ほんまに。間男の気分やで、俺」

「僕……本当はお父さんより、勇太の方がええ。勇太、『そう』なんやろ? 誰でもええんやったら、僕でもして」

「……別に、誰でもええてことない」

きれいな布団を敷こうとした一衣の腕を、勇太は引いた。

男のものとは思えない華奢な腰を抱いて、きつく、口づける。薄い唇を割って舌を絡めると、それだけで酷く血が煮えた。

「あんまり……焦らんといて。こわなってきた」

「俺、やさしないで一衣」

畳にそのまま一衣を倒して、勇太は餓えてたまらない何かを埋めようと必死で唇を、耳を食《は》んだ。

「待って、待って勇太。かんにんや、乱暴にはせんで」

「嘘や。おまえ絶対そういうんが好きなんや。なあ」

「ちゃう……僕勇太が……」

「そやなかったらなんで俺みたいなん選ぶねん。こないにして欲しいんや、おまえは」

「……っ……」

一衣の体は男との情交に慣れていて、下肢を探ると、前に勇太が酷い思いをさせられたように血まみれになったりしないとはわかった。

もっとも、今は血を見ても構わないと勇太は思ったけれど。

裂くように、勇太は一衣の服を剝《は》いだ。一衣を囲っている男もやさしくはないのか、白い肌が傷と痣《あざ》に汚されている。

「お風呂は……朝入ったよ。きれいに洗ったから」

「なんか、持ってへんの。ここ連れ込みやったらあるやろ」

「つけんでもええわ、勇太なら。僕他の人とするとき気いつけてるから、大丈夫や」

「俺のことは大丈夫やて思うん」

「たまに、生でしたなる。僕勇太が好きや。中にして」

てだれた一衣の瞳はもう濡れていて、勇太は喉を鳴らした。

「悪いけど、我慢できひん。このままいっぺんしてええ？」

「うん、ええよ。うれし……っ」

答えを聞く前に勇太は、一衣を抱いていた。

泣いて、一衣は勇太の背にしがみつく。

乱暴に揺らすほどに一衣は泣いて、その涙に勇太は酷く満たされて、そして絶望した。


うまくすれば秀《しゅう》にばれることもないだろうと、三学期が始まっても昼間、勇太《ゆうた》は時折学校を抜けて一衣《かずい》に会った。真昼から薄暗い部屋で一衣の体に溺れて、何故だかいくら抱いてもきりなく、時折、泣く一衣を振り払って相手を変えたりもしたが満たされることが少なくなって来た。

「……勇太、これ、使う？」

祇園の宿で、注射器と、白い粉を出したのは一衣だった。他に目を向ける勇太を引き留めようと、一衣も必死だったのかもしれない。

「なんや。おまえ買ったんか」

「お父さんに……買《こ》うてもろた。勇太お酒切れてんのしんどいんでしょ？」

「……せや。ほんまのことゆうて。なんや時々、黒い影みたいなん目の横通って、胸糞わるなる」

「これなら……匂いも残んないし」

「けど」

少し、勇太は躊躇《ためら》った。

一衣はもう自分で試したのだろう。青い血管に不器用に射った跡がある。

「なんでも、忘れられるよ」

魔法のような言葉を、一衣が聞かせた。

何もかも、心を塞ぐ全《すべ》てを？

確かに自分だけが必要だといつか信じた秀が、もしかしたらそれでも足りないかもしれないことも。その秀に苛立って、父親と同じに自分が暴力を向けたことも。

癒《い》えない秀の目の下の傷、怒鳴る父親とそっくりな自分の声。話しても誰も信じられないだろう、捨てて来た自分が、本当は今もここにあることに気づき始めている、その思いを。

「……ちょっと、貰《もら》う」

「してあげる」

「おまえ下手そうや。自分でやる」

腕を縛って、一衣がスプーンの上でライターで溶かした粉を、勇太は注射器に吸い上げた。鼻からは吸ったことはある。だが直接射つのが、どのぐらいが「ちょっと」なのか勇太にも本当はわからない。

一衣が用意した分の半分を、勇太は血管に入れた。

すぐに、覚えのない高揚が、信じられないような多幸感が勇太を襲う。

「半分こや。な」

何か、一衣にも忘れたいことは沢山あるのだろうと、器用に半分を腕に射ってやって、勇太はやさしくしてやったような気持ちになった。

程なく、一衣も我をなくして勇太に寄り添って来る。

そのまま、抑えようもなく勇太は記憶を無くすほど一衣の体を貪《むさぼ》った。

一衣も聞いたことのない声を上げていた。

考えることなど、何もない。

心がなくなるということはなんと幸福なことかと、一衣の中で果てることもしないで勇太はただそれだけを思った。


欲しいと思う間隔がどんどん短くなって来たころには、まともな判断がつかない自分にも気づけなくなっていた。

「今日も……食欲ないの？」

まず食べることへの興味が失せて、勇太《ゆうた》は秀《しゅう》の造った物に申し訳程度に箸《はし》を付けるだけになった。昼間はほとんど学校に行かず、一衣《かずい》が持っていなければそこらへんの少年を脅して手に入るものを手当たり次第にやった。

薬が効いているうちはいい。だが切れるとすぐに、耳元で声が聞こえた。

自分の声だ。

もう秀にもばれている。結局、場所を変えても、港町にいたときとそう変わらない道を自分は辿《たど》っている。そうだ、何も変わらない。多分あの父親の子どもに間違いはないのだ。そしていつか誰かを、そうだ側にいるものを、殺すほどに殴って詰《なじ》って。

「……っ……」

不意に、目の前にはっきりと、今見たかのように刃物を握った両手が勇太には見えた。

あの日、岸和田を去る前の日だ。

殺そうとした。間違いなく自分は、誰か人間を刺し殺そうとした。父親をか。もしかしたら秀を、殺したかもしれない。

刃を持った自分を無防備に抱いた秀の肌に、何故あの刃先は埋まらなかったのだろう。そうなってもおかしくなかった。いや、今そうしてもおかしくはない気がしてならない。

「顔色も……ずっと悪いし、なんだか瘦《や》せたし。病院、行こう明日」

小さなきっかけで、きっと自分はそうする。

捨てないでと勇太に縋って泣いてから、秀は強く物を言えなくなっていた。勇太を怒らせるまいと、身を縮める姿がまた母親と重なる。

母親も殺したかったのかもしれない。憎んだ気持ちの方が強かったように今は思う。

何故だろう。捨てないでと、泣いた秀のあの声が、勇太はもう一度聞きたくてたまらない。

捨てないでここにいて、君がいないと生きて行けないと。

叩《たた》いてでも蹴《け》ってでも、酷く犯してでも言わせたい。またあの言葉を聞かないと、ここに止まっていられない。

「勇太……聞いてる？」

いつの間にか近くに来ていた秀が、勇太の顔を覗き込んだ。癒えないその瞳の下の傷を、残したくて掻《か》き毟《むし》りたい衝動をどうにかして堪える。

「……俺、もう女と寝てんねん。秀」

「え……？」

「やらんと、たまってしゃあない」

堪えた筈の指が、秀の頬に伸びた。何をする気かと、他人の手のように勇太は爪《つめ》が、傷にかかるのを見ていた。

「ちょお、出掛けて来る」

「……待って、勇太。彼女がいるのは、しょうがないけど。でも……っ」

夜にも構わず立ち上がった勇太を、秀の足がさすがに追いかける。

「寄るな！」

怒鳴ると、階段の手前で秀の爪先《つまさき》が止まった。

「おまえに何ができた。見てみい、俺は……っ」

「……ゆう、た？」

「俺は、あのころとなんも変わってへんやろ！」

叫びながら、おかしな言葉だと勇太は思った。止める秀の声を聞かず、駆け出した。まるでそれが秀のせいだというように、秀が自分を変えてくれなかったとそんな風に、耳障りな声が彼を責めた。

だけど最近電話が鳴る。幻かもしれないけど、その電話を取る秀が、何か期待に満ちている。父親もまだ捜しているのかもしれない。手掛かりがないと秀は言った。意味が、勇太にはわかり始めていた。

——……だけど、僕みたいな人間は……。

若い人が逝《い》くのは順番の間違いだと言った女主人に言いかけた秀の言葉の続きを、あのときもう勇太は知っていた。

ここに止まる必要のない、自分は順番を待つ誰かのために席を空けるべき者ではないのかと、きっと秀はそう言おうとしたのだ。今でもそう思っている。だって手掛かりはないままだ。ここにいる、存在していいという許しを、誰からも貰わぬまま生まれて来ている。

あの遠い日、勇太がすぐにそれがわかったのは、自分も同じだからだった。

けれど違うと、ここに来て秀の側で勇太は思った。ほんの少し前、そうだ泣いた秀を抱いて眠った夜。違うと、勇太は信じようとした。この何も持たない青年のために自分は今ここにいる。もしかしたらそのために生まれて来たのかもしれない。だから生きてもいいのかもしれないと。

「何を……思い違えて……っ」

駆けて町を抜ける自分が裸足《はだし》だと、勇太は気づきもしなかった。

汚れてももう気にならない。寒さも痛みも感じない。生きてなかった子どものころのように。

「一衣……一衣！」

祇園まで駆けて、闇雲に勇太は一衣を呼んだ。

丁度、男を迎えるところだったのだろう一衣が、驚いて駆けて来る。

「……どうしたの勇太。夜は駄目あかんよ。お父さんに見つかったらここにおられんようになる。薬が欲しなった？　そしたらあげるから……」

慌てる一衣を、止まらない震えのまま勇太は抱いた。

「ここにおられんて、宿がのうなるだけの話やろ」

「だけて……ゆうけど。今は寒いし」

「俺と、遠くにいこ。一衣」

「勇太……？」

掻き抱いた腕の中で、あきらかに幸福そうな声を一衣が上げる。

「もうすぐ十五や、働ける。しばらくはおまえ客取ってもしゃあないけど、俺も働くから。誰もおらんとこで、二人で暮らそう」

震えが止まらないのは薬が切れているせいだと、勇太にもわかっていた。まともに喋っているのかも怪しい。

　本当はすぐに薬が欲しい。金は多分、当分一衣が稼いでくれる。

「行くよ……勇太。僕勇太と行く」

「……っ……」

　喉の奥で、勇太は嗤《わら》った。

　父親と変わらないどころではない。もっと酷い。自分を好いている少年に体を売らせて、薬を買う気でいるのが今の自分だ。少しの間のことだすぐに働くと、きっと父親も母親に何度も言っただろう。

　いっそ今ここで死のうか。きっと一衣も先がない。一人は寂しいから、いつかは誰かを殺すだろうこの手で、幸せなままの一衣と自分を殺してしまおうか。

　そうしなければ、きっといつか。

「……勇太……っ」

　幻聴かと、勇太は思った。

　けれど振り返ると秀が、白坂《しらさか》と走って来る。

「あれ、勇太のお兄さんやろ？　逃げよ！」

　一衣は手を引いたが、震えで、勇太は足が動かなかった。

「きっと……ここかと、思って。ごめん一人じゃ無理かと思って、白坂さんに頼んだんだ。一緒に病院に……」

「触るなて……ゆうてる……っ」

幻ではない秀が自分に手を伸ばすのに、言いようのない恐怖を感じて勇太が上ずった声で叫ぶ。

「どうして。どうしてこんなことになっちゃったの、勇太。話して、何が辛《つら》いのか話して」

「寄るな。俺、おまえのこと殺すんや。いつか絶対殺《や》ってまう。おまえはなんでおかんみたいに逃げへんのや！」

「なんで……逃げる必要があるの。勇太が僕を殺すなんて思ったこともないよ」

尋常ではない騒ぎに、さすがにいつも見て見ぬふりの祇園の人々も足を止めた。

「あ……っ。かんにんして勇太、明日いつものとこ行くから……っ」

人垣の中に自分の旦那《だんな》を見つけて、一衣が場を逃げ出す。

「おまえも逃げた方がええ。おまえも見た筈や、俺はいっぺん人殺そうとした人間や。包丁握って、おまえに向けた」

「勇太……どうしてそんな覚え違い。あれはお父さんから僕を守ろうとして、子どもの勇太が必死でしたことでしょ。本気でなんか」

「本気やった！　ずっと後悔しとったんやなんであいつ殺らんかったんかって……っ。俺は人殺しや。寄るな……っ、寄るな殺してまう！」

悲鳴のように叫んだ勇太を、必死で、秀が抱え込んだ。

「ならそうしてくれても構わないよ。言ったでしょう、僕は勇太がいないと生きていけない。生きてる意味がない」

「おまえ……っ、今かて生きてへん……っ！」

叫んだその言葉だけが、やけにはっきりと勇太には聞こえる。

「俺がおってもおらんでも一緒や！　そんなんやったら俺……っ」

叫びながら息が苦しくなって、上ずる声のまま勇太は石畳に膝をついた。

「今まともに話そうとしても無理です、阿蘇芳《あすおう》さん。車が来ましたから、早く」

白坂が勇太ごと秀を抱えて、黒塗りのハイヤーに押し込んだ。

「放せ……っ、触るんやない……！」

「無理って、どういうことですか」

「どうしてこんなになるまであなたは気がつかなかったんです。これはあきらかに覚醒剤《かくせいざい》の禁断症状だ」

騒ぐ勇太を、なんとか腕を掴んで止めて、白坂が「高倉《たかくら》の精神病院に。裏口につけてくださ い」と運転手に告げる。

「そんな……精神病院なんて」

「離脱させないと、本当に人を殺すか自分が死ぬかどっちかだ。こんな子どもが……。最初から無理だったんですよ阿蘇芳さん！　だから私は何度も止めたんだ」

何にか、白坂は怒っていた。

勇太の思考はもう定まることがないまま、病院に着くころには何を叫んでいたのかも後の記憶に残っていない。

一旦心臓が止まったと聞いたのは、ずっと後のことだ。


拘束されるような部屋から、いつの間にか普通の個室に移されたと、勇太《ゆうた》が気づいたのはもうその部屋に移って何日も経ってからなのかもしれない。

何処かと聞くと、精神病院の薬物依存科だと、看護師に教えられた。開かない窓からは、車に飛び込んだときと変わらない空が見えたけれど。

吐き気は止まず、薬が欲しいのは相変わらずだった。急性症状をやっと抜けたところで、これから離脱プログラムが始まると聞いて、いつどうやって逃げるかと勇太はもうそれしか頭になかった。

一衣《かずい》のところに行きたい。この足元が抜け落ちるような不安も吐き気も、一衣がすぐになんとかしてくれる。注射一本で済むことだ。

けれど痩せた体は、容易に動かない。脱水が酷いのか、点滴が途切れることはなかった。

その針を迷わず引き抜こうと動かない指を浮かせたとき、病室の、白いドアが開いた。

「……っ……」

白坂《しらさか》に付き添われて、酷く窶《やつ》れた、秀《しゅう》の姿がそこにあった。

「……白坂さんに、一緒じゃないと会っちゃ駄目だって、言われて。何度か来てたんだけど、覚えて……ないよね」

呟《つぶや》く秀の後ろから、見知らぬ男が姿を現す。

秀が右の枕元に、その隣に白坂が、左に男が立った。

「本来なら、警察に通報するところです。江見《えみ》さんのお口添えで、なんとか今は内々にしていますが、私は本意ではありません」

何処かでしていた話の続きなのか、男はいきなり勇太の頭越しに秀に告げた。

「……そしたら、年少か。俺……」

「阿蘇芳《あすおう》さんも親権者でいられなくなるでしょう、恐らく」

ようよう呟いた勇太はその前に逃げるつもりしかなく、白坂が言うのも無関係のように聞いていた。今はただ、早く薬が欲しい。

「あなたにはもともと、この子を育てる資格がなかったんです。たった十四で……こんな酷い中毒を、酒と、今度は覚醒剤だ。あなたは叱《しか》れもしないで、放って置いた」

白坂はそのことを、怒っているようだった。この男が悪い人間ではないと、ぼんやりと勇太も知る。だから余計に、彼の言うことはもっともだと勇太自身が思った。秀とは、もう無理だ。

「申し訳ないが、私も若いあなたにこれ以上は無理だと思います。施設に任せた方がいい。中毒は一度やったら繰り返すものです。この子が死んでしまうよりいいでしょう」

「……施設に、任せたら勇太はもう中毒に、ならないんですか？」

蚊の鳴くような声で、秀は誰にともなく尋ねた。

「少年院に入ったら、勇太は死なずに済むんですか？」

皮肉ではない真っすぐな、確かめるような問いに、沈黙が流れる。

「少なくとも、あなたの目の前では」

「……だったら……だったら僕がまた引き取っても、同じじゃ、ないですか」

「阿蘇芳さん。あなたは次に同じことがあったときに止められますか？　もしかしたら本当に彼に殺されてしまうかもしれないいんですよ。禁断症状が起こったら、彼自身にも何をしてるかわからなくなるんです。ずっと叫んでいたじゃないですか、あなたのことを殺してしまうかもしれないって」

小声で、白坂が秀を窘《たしな》めた。

全部、不思議に勇太の耳にその言い分は届いた。白坂は間違っていない。白坂が秀を説得してくれれば、このまま施設に送られても構わないと、ぼんやりと勇太は思った。

「僕は勇太がいないと生きていけないので……勇太に殺されるなら、それでもいいです」

溜息《ためいき》を、勇太はついた。無理だともう一度、やけにはっきりした頭でそう思った。

「だからあなたには無理だというんだ」

「……少年課を、呼びましょう」

結論は出たと、そんな風に男が言う。

「待ってください。この子は……この子は僕の子どもなんです。正式に僕の籍に入っている息子なんです」

「その子どもにあなたは何をした」

「ごめんなさい……本当に、本当にごめんなさい。だけど僕から勇太を取り上げないで。もう一度だけチャンスをください。どんなことをしてでも止めさせます。本当に、絶対にもう薬もお酒も手を出させないようにすると誓います。僕からこの子を取り上げないで……っ」

勇太の、枕元に縋って、秀は泣いた。

「話にならない。あなたが少しも大人じゃないんだ、阿蘇芳さん」

何故だろうと、不思議な気持ちで勇太は、秀を見ていた。どうしてこんなにも、まだ青年は自分を必要だと泣くのだろう。

けれどそれは、勇太が聞きたかった言葉だ。聞きたくて聞きたくて、歪みはそこから始まって、聞いたらまた、不意に治まった。

「……せやから、何処に行くんも俺が手ぇ引いて」

ぼんやりと、独り言のように勇太が呟く。

「俺がおったらんとなんもできへんから、面倒みたらんと……あかんかったのに」

ここのところずっと浮いていた足が、すっと、地上に降りた。

「……どうして、君は薬を？」

「わかれへん。なんでも忘れられるて、聞いて」

男に問われて、勇太は答えた。

「こういうリスクは知ってたのかな？」

「……いいや」

嘘を、勇太はついた。禁断症状も中毒死も、港町にいたころ勇太は間近で見たことがある。自分は大丈夫と、甘く見てはいたけれど、最後に死ぬか殺すかするのは知っていた。

「もう、手を出さないと誓えるかい？」

「……誓える」

さっきまですぐに薬が欲しいと思っていたその口で、勇太は何故自分がのうのうと嘘をつくのか不思議だった。

「みんなね、そういうんだよ。だけど必ずまた手を出す」

医師だと思っていたその男が、何か違う職務の人間であることにぼんやりと勇太が気づく。

「こんな思いするて知らんかった。ほんまや。もう二度とごめんや」

「これから、完全に離脱するまでがまた苦しいよ」

「……そうなん？」

「気の毒だけど、それを知って離脱と立ち向かってもらわないと」

本当は聞かなくても、既に苦痛が勇太の上を這《は》っていた。これが、もっと酷くなるのだろう。間隔が短くなって行ったときの切れた苦痛を、味わい続ける。そういうことなのだろうか。

「秀」

やっと、勇太は秀に呼びかけた。

「おまえ、俺が離脱するまで来るな」

「……どうして」

「見られたない。何口走るかわからんし」

「だけど」

「それで、離脱できたら」

誰だかわからない男の顔を、勇太は見上げた。

「俺、自分で考えたらあきませんか」

「何を？」

「どないするか。施設に入るか、秀のとこに戻るか」

「勇太……」

心細い声が、勇太を呼ぶ。今はただ、その秀が自分を求める声が勇太は愛《いと》しくて仕方がない。

正直その先のことなど考えてはおらず、それは今までの一時の安寧《あんねい》と何も変わらぬようにも思えた。

いや、多分変わらない。いっとき、気持ちが凪《な》いでいるだけだ。

「……さっき、阿蘇芳さんが聞いたこと」

けれど男は、初めて迷うように口を開いた。

「正直、私にも答えられない。施設に行けば二度としないのか、死なないのかと」

男はその、施設側の人間なのかもしれないと勇太は感じた。様々なものを、見て来たような言葉だ。

「二人に信頼関係があるなら、それに賭《か》けるのもと……思いもしますが。白坂さん」

「私には……なんとも」

「白坂、さん」

言いながら、勇太も自分がどうしようとしているのかわからなかった。

「すまんけど、時々白坂さんが見にきてくれませんか。ここに」

「私が？」

「そんで……あんたが決めてくれてもかまわへん。俺が、あかんのかどうか」

「……こうして聞いてると、何故君がこんなことになったのかがもう、私には不思議だけどね。取《と》り敢《あ》えずここで、離脱プログラムを受けましょう。後のことは済んでから、考えればいい」

男が、迷う白坂に告げる。

「だけど」

「離脱も簡単じゃないんです。見ていれば、白坂さんなら判断できるでしょう。……江見さんのお陰で、とんだ大仕事だろうけれど」

「本当ですよ……全く」

不本意だと、そんな風にそれでも、白坂は初めて不安そうに勇太を見た。

判断はまだ、勇太には難しい。難しいというより、喋る側から全てが嘘にも思えるし端から霞《かすみ》がかって行く。何か、強い離脱薬が今は効いているだけなのかもしれない。

「……承知しました。三日に一度、必ず来ましょう」

何故白坂がそうしてくれるのか、この男が何に期待をしているのか。ぼんやりと勇太は、様々なことを考えては胸の悪さに唸《うな》った。

それよりも一番わからないことが、目の前に横たわっている。

ただ泣いている秀を、これから自分がどうするのか。

「……出るときも、裏門からなんはなんで？」

地獄としか言えない日々を越えて、白坂《しらさか》が迎えに来た日に、疲弊した体でそれでも勇太《ゆうた》は苦笑して尋ねた。

「全て右も左もわからない江見《えみ》さんの声掛かりだから。俺が動いてるだけで、江見さんに関わりがあると気づく人も多いんだ」

離脱して行く様を何度も見に来た白坂は、前と話す言葉が違っていた。

迎えられた車も、いつものハイヤーではなく、どうやら白坂の私物らしき外車だ。

「あのじいさんナニもんなん？」

促されて助手席に乗り込みながら、勇太が尋ねる。

「ご本人はただの国語学者だと思ってらっしゃる。けれど大学の同期生や飲み仲間に、政界や財界の人が多くてね。もともと江見さんの家柄が、降嫁した皇族の流れだし。だから、関西でなら江見さんが、こう、とおっしゃったらそうならないことはあまりないんだよ」

「それ、じいさんわかってへんのやろ。迷惑な話やな」

「全くそうだが……そのお陰で君も今があるんだぞ」

心底その迷惑さを溜息に聞かせて、白坂は車を走らせた。

「……そんで、どないするん。白坂さん」

「君はどうしたい」

問われて、暮れ時の山を、勇太は眺めた。

向こうに東本願寺《ひがしほんがんじ》、振り返れば東寺《とうじ》。

これで今日からなにもかもが変わると誤解した、けれどもしかしたら今までで一番幸せだったかもしれない京都タワーでの記憶が、ふと蘇《よみがえ》る。

「秀《しゅう》に、会いたい。いっときでもええ」

「……なら西陣に、連れて帰るだけだよ。俺の仕事は」

「なんで?」

「今日は質問ばかりだな」

「あんた、もしこんどおうても元の弁護士の白坂さんやろ。けど病院に来るときは違った。きっと今日までや、あんたが違うのは。今度会っても何も聞かれへん」

苦笑して、整備された道を、山から町へと白坂は車を走らせる。

「いつもが、違うんだ。こんな口のきき方で江見さんの弁護士は務まらないよ」

「そらそうやな、考えてみたら」

「大学のときは検事になろうと思ってた」

不意に、まるで関係のないような話を、白坂は始めた。

「正反対の仕事とちゃうん」

「そうだ。いずれは裁判官にと、親も期待していた。弁護士一家で」

それらしく見せるための伊達《だて》だったのか、いつもの眼鏡を白坂はしていない。

「よくある話だが、弟だけ違って。できる筈だ、何故できないと、親は詰った。俺も言った、できない理由がわからなかった。本当にただ、できなかっただけなのに」

懐《なつ》かしいと、思える寺の並ぶ町に、車は入った。

「裏口から親が法学部に入れて、司法試験の前に眠らないで勉強し続けて。誰かに、貰ったらしい。覚醒剤みたいなもんだな、眠らなくて勉強がはかどると。結構いるんだ、司法試験の前だけ使って、器用にやめるやつも」

「……弟さん、どないした」

最後まで聞くのが、問いかけたものの義務だと、途切れた声に勇太が尋ねる。

「君を見てすぐ禁断症状だとわかったのは、俺がそれを見たからだ。弟は……死んだよ。家の中で、自分で自分を刺した。親は病死だと、あちこち手を回して葬式を出したが……お陰で俺はとてもじゃないが人を裁く側の人間になんかなる気は消え失せた。どんな犯罪者にも、もしかしたら弟のように何かがと、きっと思ってしまう。検事も裁判官も、とても無理だ。元は東京の人間なんだが、親戚筋を頼ってこっちには逃げて来たようなもんなんだよ」

「そんで……あのじいさんの世話を？」

「どれだけ大変だと思ってるんだ。君のことにしたってそうだ。簡単に引き取れたと思ってるのか？　正直、江見さんの御稚児《おちご》さんの気まぐれにまでつきあわされるのかと、あのときは本当に腹が立ったが」

「御稚児さんて……秀のことかいな」

「この界隈《かいわい》じゃ、そう思ってない人間を捜す方が難しいぐらいだ」

「そらそうやろな……」

「だけど、奔走したよ、あのときは。感謝して欲しいわけじゃない。ただ気まぐれかと思った阿蘇芳《あすおう》さんは少しもあきらめないし、俺も何度も君を見て」

信号に従って、車が止まる。

「間違ってないと思って、走り回った。行政は全てをフォローするようにはできていないから、抜け道を使うのは俺はありだと思ってる。江見さんの側にいると、こういう仕事も少なくはないんだ」

「……今も、そう思てる？　間違ってないて」

信号が、青に変わった。

「弟は死んで闇に葬られたが、君は生きて会いたい人の元に帰る」

白坂の運転するセダンは、ハイヤーより快適だと勇太は思った。

「間違ってなかったと、信じるよ」

「そんなに簡単に……人のこと信じたらあかん。俺かて、秀の養子になったときはこないなこと自分がするて思わへんかった」

「離脱するとも、信じられなかっただろう」

目を伏せて、勇太が苦笑する。この男も、よく、あの自分を見ていてくれたと、今は感謝するしかなかった。辛かった筈だ。弟の話が本当なら。けれど歯を食いしばるようにして白坂は、ときには薬を求めて叫ぶ勇太を、真っすぐに見ていた。あれはこの男の贖罪《しょくざい》だったのだろうか。

「逃げんから、四条の方にいっぺん寄ってもらわれへん。高瀬川の方に車、入れてくれへんやろか」

「どうして」

「俺に……薬くれとったやつ、どうしてんか気になる。俺より、もしかしたらやってたんちゃうか。生きとるかだけでも」

「恨んでないのか」

「あいつは……それが俺のためやとほんまに思ってたんや」

その言葉には答えずに、白坂が勇太の望んだ場所に車をつける。

もう暮れ始めた高瀬川沿いには、随分かつてのものに思える仲間の顔があった。

「窓、降ろしてええか」

「できれば車から降りないでくれ」

「わかってる。……おい、おまえ！」

訝《いぶか》しげに車を見た一人に、勇太が窓を開けて声をかける。

「……なんやなんや、勇太か。カンカン持ってかれたて聞いてたけど」

「似たようなもんや。……あいつ、どうしとる」

「だれ」

「一衣《かずい》や」

なんとはなしに小声で名前を聞いて、周囲を捜すが一衣の姿は何処にも見当たらなかった。

「ああ……そういえば最近見いひんな。どないしたんやろ」

「生きてんか」

「何ゆうてんねん。死によったらさすがに誰かがゆうわ。もってかれたか、家に帰ったかしたんやろ。……またな、勇太」

運転席にいる男が気になって仕方ないというように、逃げるように少年が去って行く。

「一衣が……家に帰るわけない」

「まだここにいたら、どうするつもりだった」

尋ねながら、長居は無用だと白坂が車を出した。

「わからん。ただ……俺、一衣とおるとき自分のことしか考えてへんかったから」

最後に、震えながら一衣を掻き抱いた感触を勇太はもうはっきりとは思い出せない。

——行くよ……勇太。僕勇太と行く。

ただ、酷く幸福そうな一衣のその声だけが、今も耳にこびりついて離れなかった。

やさしい一衣に何もしてやれなかったけれど、本当は勇太も一衣が好きだった。恋では、ないにしても。

「あいつ……長生き、せえへんのやろな」

窓の方を向いてぽつりと弱い声を聞かせた勇太に、白坂は言葉を返さなかった。よほどの幸運がなければと、きっと白坂も思うのだろう。

西陣の、路地の入り口で、白坂は車を止めた。

「……こんなとこで降ろして、俺逃げると思わんの」

「あんなものを散々俺に見せておいて、よくそんなことが言えるな。なんのために離脱した」

秀のいる町家の屋根が、もう暮れた夜空にも見えた。

「会いたいんだろう？　いっときでも」

尋ねられて、勇太が白坂を振り返る。

薬が欲しい、もう沢山だ、何もかも嘘だ、殺してくれ殺してやると喚《わめ》いて暴れて、勇太はどれだけ苦しくてもわけがわからなくなっても薬に逃げ込んだのは秀のことで苦しんだせいだとは一言も言わなかった。

それを一言でも漏《も》らせば、秀の元に帰されることがないとはわかっていた。だからどんな有り様を晒《さら》しても、最後の自分を摑んで放しはしなかった。

「会いたい。けど」

この男に、本当に決めてもらおうかと、勇太はいまさら本気で思った。

「俺、繰り返さん自信……ない」

長いこと、白坂は勇太を見ていた。それは見定める目でも、見極めかねる目でもなく、不思議な瞳だった。

「一言も阿蘇芳さんの名前を口にしなかった。ずっとそうだったと、病院でも聞いた」

だからどうとは、白坂は言わない。

「江見さんの元にいる限りは、時々様子を見に来るよ」

「……厄介やな」

「本当だ。……ところで、君にかまけていて放っておいたが。今度はあっちが入院かもしれないぞ」

言いながら白坂が、秀の家の方を指した。

「どんだけ経った……」

「もう冬が終わる」

「立派に餓死できるやんか……っ。あ、白坂さん」

おおきにと、駆け出そうとして勇太が振り返ると音の静かな車はもう走りだしてしまっている。

「あん人もおかしな人やとは、思てたんや」

それだけ呟いて、俄《にわか》に不安になった秀の元へ、後はただ一目散に勇太は駆けた。今日と、秀には知らせないでくれと言ってある。白坂がどう判断するか、勇太にも確信があったわけではなかったので。

町家の目の前まで駆けると、家は何処にも明かりがついている様子がなかった。

「勇太くん、お帰り。なんや里帰りしてはったんやって？」

不意に、後ろから自治会長の奥方に勇太は声をかけられた。

「秀は……」

「それが勇太くんがお里帰りしてからずっと具合が悪そうで。ここ何日か見ないのよ。居るのか居ないのか……気配もしなくて」

「また、明日」

いっそ居なければと思いながら勇太が引き戸を引くと、あっさりとそれは開いた。内鍵も外鍵も掛けられていない。

靴を放り出して、階段を駆け上がって息を飲む。勇太の布団にくるまって、勇太の制服を抱いて、秀は冷え切った部屋の隅に転がっていた。

胸が騒ぐのを抑えながら、屈《かが》んで脈を取る。弱い脈は確かにあったが、秀は熱を出していた。

「ほんまにこいつ……っ」

慌てて下に駆け降りて、盥《たらい》に手ぬぐいと、薬缶《やかん》いっぱいの水を持って勇太が上に上がる。

「救急車か……どないしょ、また白坂さんに電話か」

さすがに白坂が気の毒になって、取り敢えず勇太は有りったけの布団を出した。ストーブをつけようとしたら、灯油もない。

「秀……水、水飲め。おまえ脱水起こしとる。いつから食ってないんや！」

下手をすると自分と別れてからずっとかと、日数を数えるとぞっとする。それでも多分江見のところで気にしたのだろう。運ばれたお重が、部屋の隅にきれいに包まれていた。

無理に、ほとんど意識のない秀に勇太は水を飲ませた。

渇いているのに間違いはないのか、無意識にでも秀は水を飲む。

「……ゆう、た？」

敷いた布団に引き入れようとすると、うっすらと秀は目を開けた。

「また、夢かな？」

繰り返し見た夢なのか、微笑《ほほえ》んで秀はまた目を閉じてしまう。

「……勇太、僕といるの辛《つら》い？　帰りたい？　僕一人がずっと幸せだったんだね……ごめん。

ごめん勇太。僕が……いけないいんだよね。わかってる……いつだって僕がいけないいんだ。本当に……わかってるんだよ」

いない間中、秀が朦朧《もうろう》とそれを呟いていたのかもしれないと、勇太は背を寒くした。

「本当は気がついてたんだ、勇太が辛いの……気がついてどうしたらいいのかわからなくて……手放したくなくて勇太をこんな目に、あわせて」

今、秀は、本当に勇太がここにいることに気がついていない。

だからこれはきっと、繰り返されたうわ言なのだ。

「ごめんなさい……」

それだけはどうしても乾かないのか、涙が落ちる。

もう一度水を飲ませて、額に、勇太はタオルを載せてやった。

ぼんやりと、今度は秀が目を開ける。

「ゆう……た?」

「夢やないで。離脱して、白坂さんがここに送ってくれたんや」

唐突に必死に、秀の両手が勇太の背を掻き抱いた。

「本当に……っ?」

「……ほんまや。せやからもう、安心して寝り。何処にもいかんとここでおまえのこと見てるから」

「本当に……？　また、夢じゃないの……？」

「……夢や、ない。触ったらわかるやろ。水飲んで、眠れ。明日はおまえが病院やで」

「勇太、僕」

「し……なんも言わんでええ。明日でええやろ。ごめんな、心配かけて。もう、せえへん。せえへんよ」

「だけど」

「なんもおまえのせえやない。一人でわけわからんようになってしもてただけや。眠れて」

「だけど、ずっと……勇太がそう言って眠ると……起きるといなくて」

夢と現実の区別がつかなくなっているのか、秀は勇太にしがみついたまま眠ろうとしない。

「何処にも行かん」

そっと、その手を勇太は解いてやった。

「ほんまや」

「……本当に……？」

これも、夢の繰り返しとまだ覚めない顔をして、秀が泣きながら目を閉じる。

一旦は眠りに落ちたけれど、しばらくはこれを繰り返すのかと勇太は握った手を放せなくなった。多分秀が正気に返るには時間がかかる。

不自然に撓《たわ》んだ手に、何かが握られていることに勇太は気づいた。秀が自分の手から刃を取ったときのように丁寧に解いてやると、中から、黄ばんだ紙片が落ちた。

なんだろうと開いて、息を飲む。もう勇太は忘れていた。岸和田で、初めて秀に「阿蘇芳」と書いてやった紙だ。胸に大事にしまったのは覚えているけれど、取ってあるとは勇太は知らなかった。

「ん……」

手がそれを捜すので、知らなかった素振りで戻してやる。

病んで、窶れた指が、出会ったころ何よりきれいだと思った指よりもっと大切そうに、その紙片を握り締めた。

「もう……」

勇太が十二、秀が二十歳の二月、二人ではしゃいで何度も眺めた抄本。

「充分や……俺」

必要なものは、そんなものではなかった。

とっくに得ていたと、勇太は知った。あのとき初めて手にしたと思ったものを、自分は最初から。

けれどこの紙片を胸に抱いた日から秀は、何も、変わってはいない。

「……どないしよ」

覚えず、勇太の口から頼りない声が漏れ落ちた。

「俺……おまえのこと、どないしょ……っ」

握った手に額を当てて、勇太が蹲《うずくま》る。

ずっと、何かここにいる理由が必要だと、勇太は思っていた。

この、美しい魂もそうでない己の魂も等しく、存在することだけは許された地上に、立っているには理由という力が必要だと。

きっと、これから自分は変わって行くだろう。この地上を踏み締めた足で、歩いて行くのだろう。

この手の先の青年にはっきりと、汚れた足の降りる先を知らされた。この地上にいていい人間なのだと、勇太は覚えた。もう忘れない。

なのに、秀には多分無理なのだ。

——誰にも、自分みたいになって欲しくないんだ。

何度か口にした、勇太にはずっとわからなかった秀の語る自分が、やっと、勇太に知れる。

そのきれいな爪先が、地上にあることが間違いだと秀は思い込んでいる。そして誰かに、いっときでもここにいていいと繋《つな》がれていないとどうしようもない。出会ったころの秀は本当に生きていなかった。

そして、いっとき繋いだ勇太を失いかけただけでもう、本当に自分を終えかけている。

「俺は……もう閉じる。そういう、しょうもない自分全部今捨てる。けど……おまえ」

欠けて、何もないと勇太が思おうとした自分にはどうしても埋められない場所に、秀の深い淵《ふち》があった。

「おまえは……どないしたらええんや」

どれだけ勇太が満ちてどれだけ勇太がいても、その淵が埋まることは多分永遠にない。

秀はまだ生まれていない。

誰からもここへ、招かれていないからと、人の棲《す》み処《か》を羨《うらや》ましそうに眺めている。

どうしてやったらいいのだろう。どうやってこの指を、ここに置いてやったらいいのだろう。

いなくなった一衣のことを、ふっと、勇太は思った。幸せそうについてくると言ったけれど、放ったら行方もわからなくなった。

「おまえ……俺の女に、したろか。大事に大事にして、俺の女にしたら。そしたらおまえ、安心するか？」

いっそと、不意に、勇太は思った。いや、不意にではないのかもしれない。母親と重ねて、憎んだり愛したりしながらいつも気持ちの傍らで、勇太はそのことを考えていた。

一衣にしたように、抱いてしまおうか。それは目に見える確かな繋がりで、秀はきっと戸惑うだろうけれど、すぐに安堵《あんど》してしまうに違いない。

「……秀、そう、しよか？」

いつか何処かで、自分がこの美しい青年に恋をしたことがあるのは、ごまかしようのないことで。

間違いなく一衣はその代わりにした。肌を重ねてしまうのは、勇太には簡単な話だ。

「……ゆう、た？」

前髪を上げて、口づけようとした勇太に、ふっと、秀は目を薄く開けた。

「なんでもする……なんでもするよ。だから……何処にも……」

わかっているのか、多分わかっていないのだろう、それでも秀はそんな言葉を繰り返す。

「……っ……」

目に熱く何かが滲《にじ》むのに、勇太は唇を噛み締めて堪えようとした。

「憐れや……っ、おまえ……なんで俺なんかにそんな……っ」

まだ、あきらめたくないと、勇太は泣いた。

秀が生きるのを、まだあきらめてしまいたくはない。女にしてしまえば、そこで秀がただ自分に縋るだけだ。そうすればきっと、秀は生まれないまま死んで行く。

「……俺……」

決意を、口にするのは難しかった。

それでももう、多分繰り返さない。自分が見て来た男と女のようには決してならない。

何故なら自分たちは、男と女になるのではないのだ。二人ともまだ知らぬ、見たことのないものに、なろうと、している。

いつか秀が生きるのを手伝うのが、もしかしたら自分じゃないにしても、自分の女でなければ恨みはしない。今は寧《むし》ろ、すぐにその誰かが現れて秀が留まっている子宮から引きずり出してくれたらと、願うほどで。

「ほんまに……おまえみたいなかわいそうなやつ、見たことない」

堪えても堪えても涙が出た。

「俺」

声にするのに、酷く時間がかかる。

「おまえの、子になろ」

女ではなく、ちゃんと、親にしてやろう。今はまだ何処にも行けない、人の親に。いつまでも変わらず何処までも許し合う、そういうものに、勇太はなろうと胸に決めた。

「……っ……」

泣きじゃくって、これじゃまるで子どものようだと思って。

違う、今日初めて自分は誰かの子どもになったのだからと、勇太はしゃくり上げる胸を抑えるのをやめた。

「……どうしたの……どうして、泣いてるの。勇太」

「心細かったんや……おまえのとこ帰れんかったらどうしよて」

ふっと正気に返ったような目をして、秀が起き上がる。

「……何言ってるの。勇太は僕の子どもなのに、何処にもやらないよ。何処にも……」

力無い腕が、勇太を抱いた。

「勇太は、僕の子どもだもの」

満足そうに呟いて、秀が勇太を抱いたまま目を閉じる。

これも起きれば、秀には夢だ。

裸足の踵《かかと》、その爪先。本当は勇太が、地上に繋ぎ止めてやりたいけれど、今できるのは彼の子どもでいてやることだけで。

「……そうや。俺はおまえの子や。永遠に、それだけは約束する」

熱のある秀に抱かれて、今日だけと、小さな子どものような素振りで勇太はこうして眠ろうと思った。この一瞬、初めて人の子になったのだから、赤ん坊のように彼の腕の中で丸くなろうとしたら信じられないほどそれは幸福で、しゃくる肩が止まらない。本当に、小さな子が泣くように勇太は泣いた。

夜は長く、つらく幸福で。

生まれる前からそこにいたように丸く、丸くなりながら。誰か秀を羊水からひきあげる者、生まれさせてくれるもの、いつかその人が現れればいい、現れなければいいと、勇太は泣いて、願った。

夢の途中

「……なんか、やり切れないね」

短く、勇太《ゆうた》が語った話を聞いて、真弓《まゆみ》が大きく溜息《ためいき》をついた。

「なんが」

「だって勇太は、その待ってる人……秀《しゅう》をちゃんと助けてくれる人が、お姉ちゃんだったんだって最初は誤解したんじゃないの？　それですんなりこっちに来たんでしょ？」

「そうゆわれたら……そやな。結婚できるんかこいつが、良かったて、あんときは複雑やったけどそう思てた」

「なのにそのお姉ちゃんは愛燦々《さんさん》だし、秀は勇太のいいお母さんになってくれると思い込んじゃってるし」

「そやっ、俺めっちゃ感謝しとった女に……殺されるんやでおまえのせえで！」

写真を手放さないまま、不意に癇癪《かんしゃく》を起こして勇太が真弓を振り返る。

「散々、女……じゃないや、男の子泣かせた罰じゃないのー？　悪いけどその一衣《かずい》くんって子の話。今聞いてもすっごいムカつく！」

「前も話したろがっ」

「そんなにちゃんとは話してもらってない！　なんか……っ」

文句を畳みかけようとして、真弓は自分の複雑な気持ちを無理に納めた。

「……これ、焼き餅《もち》だね。けど」

「俺も……ほんまにあいつにだけはすまんことしたって、今でも思てるよ」

「元気だと、いいね」

「……そうやな」

ほとんど望みの感じられないことだけれど、今も胸に辛《つら》く残る少年の無事を勇太が思う。

その心に寄り添うようにそって、真弓が、勇太の背に寄りかかる。

「なに」

「わかんない。なんか」

言いながら、無理に明るくしていた真弓の声が詰まった。

「……俺、本当に勇太が大好きなんだなあって」

笑おうとして、声が震えるのが勇太の背に伝わる。

「今ここにいないちっちゃい勇太の話聞いても、なんか。……ごめん、泣いたりしちゃいけないよね」

「なんで泣くん」

「わかんない。辛い。今の俺が、そこにいてあげられたら良かったのにって」

「あっちゅうまに食ってもうたわ」

涙を拭《ぬぐ》った真弓に、わざと、憎まれ口を勇太は聞かせた。

「好みじゃなかったくせによくゆう！　結局秀でしょっ、初恋って!!」

きっと中学生の勇太には相手にもされなかったと、むきになって真弓が問う。

「……おまえ、そこ鬼門やで。そんな、簡単なもんと違う。俺、ちゃんと……恋愛ってゆえるんは多分、おまえが初めてやで」

「なに、そんなこと言っちゃって」

「ほんまや。ゆうたやろ、秀は……」

あくまでも勇太が誠実な声を聞かせるのに、真弓も拗《す》ねてはいられない。

「……そうだね。ちゃんと、勇太のお父さんだ」

「それがわからんかったんや最初は。親子やったら、なんもせんでもいつまでかは一緒におられる。そんな簡単なことが、俺も秀もわからんかったから……そらやってまおかと思ったこともあったけど」

「そういうこと言わないの」

「けどほんま、せんで良かった。今、ほんまにそう思う」

どうして留まれたのか、思い返そうとしても自分を引き留めた確かなものが勇太には思い出せなかった。

「そんで結局、俺の待ち人は大河《たいが》やったっちゅうことやな。そーれもなんや不本意や。あいつには京都《きようと》で二年半地獄を見させられたわ」

「どうゆうこと？　うち来て初めて会ったんでしょ？」

意味がわからないと、真弓が勇太の肩に頭を載せて顔を覗《のぞ》き込む。

「なんとかかんとかやっと平和な暮らしになって、すーぐや。まあ結局女学園からもことごとく断られて、そしたら研修中に大河に秀が送ったおかしなSFが大当たりしたとかで。そっからはもうほんまに……あいつ月にいっぺん人間完全にやめよるし。俺代わりに電話出て、謝ったり居留守つこたり。突然旅に出るから荷物まとめてとかゆうて、なんかしらんけど網走《あばしり》の果てまで逃げるて、真冬に言い出しよって」

言いながら、二年半分の怒りが、ふいと勇太の喉元《のどもと》に込み上げて止まらなくなった。

「なんで網走？」

「そこまでは追ってこんと秀も思ったんちゃうの。それを止めて、おまえ仕事の責任ちゅうもんをどう考えてんやって、俺が説得してその月の原稿富山《とやま》で上がったんや。あいつ方向音痴やからここ網走やでって、富山の海見せてくっそ寒い宿でべそべそ泣く秀をあやして俺もガタガタ震えとったわ。学校行く傍らそんな秀の相手やで。しかもその話、一番酷《ひど》い話とちゃうからな」

「……一番酷い話は今度にとっといて。それでも勇太、大河が秀の……なんかだってわかったから、最初のころすっごく我慢してたんだね。今思えば」

「せや。すぐどつきたなんのをめっちゃ我慢しとったし……」

同居当初、一番大人の反応をしていた勇太を思い出した真弓に、その我慢を勇太が教える。

「……言いたないけど、今はほんまにありがたかったて、思てるよ。ほんま言いたないけど」

最後の一言に本心が覗いて、真弓は吹き出した。

そうしてゆったりと背を合わせて、見慣れた、二人の部屋の窓からの冬空を真弓は見上げた。

「きっと今は大河兄も秀も勇太も、俺も……みんなここに来るまでの道筋だったって、いろんなこと、昔のこと思ってるんだろうけど」

「そう、思わんの」

呟《つぶや》いた真弓を、不思議そうに勇太が振り返る。

「……だって、まだ俺たちなんか十八だし。大河兄と秀だって、全然若いし。こっから先……もっと、沢山なんか待ってるんじゃないの？　今もどっかに行く途中なのかも」

「うっとおしいことゆうなやー」

「そうだね。でもきっと、いいことばっかりじゃない。想像もつかないようなこと、待ってるかもしれない。けどこれからは何があっても」

それぞれが越えて来たことの大きさが今はまだ真弓にも余って、未来は、不意に不安でいっぱいになった。

「みんな、一緒だから」

「多分、な」

「……そうだね。多分。それに！　いい加減お姉ちゃん帰って来るかもしれないし!!」

ふっと沈んだ空気をわざと高めて、真弓が立ち上がる。

「出てくど俺……」

「そんなこと言わないで。殺させたりしないよー」

「おまえらが止めてる間があるんかどうかも不安や、俺はっ」

「大丈夫」

一緒に立ち上がった勇太の首に、真弓が両手を回した。

「そんなこと誰もさせない」

小さく、真弓が勇太の唇にキスをする。

「……おまえそれかなり適当にゆうてないか？　悪いけど、誰も止めれると思てへんようにしか見えへんのやけど」

「そこは秀を恨むべきだよ。いっくら素《す》っ頓狂《とんきょう》な秀だからってさあ、お姉ちゃんがいいお母さんはないよねえ」

「まあ、俺がしでかしたこともごっつでかかったからな。実際……おとんが死んだときかておまえを偉い目にあわせたし」

「秀なりに、もう一度あったら止めてくれる人、っていう人選だったのかもね」

「それどうなんやろ。殺されたらおしまいやんか」

「お姉ちゃんの破壊力ってでもすごいから、大河兄とか丈《じょう》兄とか、やっぱり悩んだりとかしたときにはお姉ちゃんの一撃でほとんど吹っ飛んだりしちゃってたみたいだよ。秀、そんなに間違ってなかったかも」

もしあのとき志麻《しま》がいてくれたら、と、真弓はそんなことも考えたりした。

「ピントがずれてるでおまえ。あのな、姉ちゃんおったら、おまえと神社で乳繰り合っとったあの一年の秋で即死やろ」

「そんなこと……」

どうしても兄弟には誰にも、「ないよ」の一言が言えない。

「ま、もともとお姉ちゃん、大河兄の片思い揶揄《からか》うために秀と結婚しようとしたとしか思えないしね。その仮定も間違ってるよ、秀が来た途端とんずらはお姉ちゃんの予定だったんだもん」

「ほんまに……どんな人間や。人間なんか？」

「多分人ではあったと思う。お父さんもお母さんもびっくりしただろうなあ……すごい普通の両親だったってよく大河兄言ってるから、お姉ちゃんみたいな娘生まれて来ちゃってびっくりしちゃったよね。きっと」

「ほんまになあ……」

一番気の毒なのは両親だったかと、二人して鬼籍の人に手を合わせた。

「おーい、フィルム買って来たぞー！」

玄関から、丈の声が響く。

「はーい。先、行ってるね。なんかばたばたしてそうだし」

きっと丁寧に思い出をしまい直すのだろう勇太を、真弓は少し一人にしてやろうと立ち上がった。

「また、京都の話聞かせて。ちゃんと」

案の定ゆっくりと箱にものをしまい直している勇太を振り返って、真弓が階段を駆け降りる。

「ああ」

少し当てにならない声を聞いて、混沌《こんとん》としている一階に真弓は降りた。

既にコタツを片付けようとしている明信《あきのぶ》と、丈が大きく揉《も》めている。秀はその件に関しては降りたのか、せめてと周囲を片付けるのみだ。

大河は、ぼんやりした真弓の記憶の中で父親がそうしていたように、三脚から縁側の構図を定めている。

その背中に、真弓は久しぶりに張りついた。

「なんだ真弓。ピントが合わせらんねえって」

「……ねえ、大河兄」

「んー？」

「お父さんとお母さんって、どんな人だった？」

騒ぎの中で小さく、大河の背に抱き着いたまま真弓が尋ねる。

「……どうした、急に」

驚いたように大河は、作業する手を止めて真弓を振り返った。

「今まで……改めて気にしたことなかっただろ。それともずっと俺たちに気い遣って聞かなかったのか？」

「違うよ。本当に……あんまり気にしたことなかったんだよね。だってお父さんお母さんが必要なときには、絶対お姉ちゃんと大河兄がいてくれたし。なんか子どものころは結構本気で、二人が真弓のお父さんとお母さんだと思い込んでたぐらいだから。いないって感覚あんまりなかったのかも」

「……本当か？」

「うん」

「じゃあ、なんで急にそんなこと……。物置開けたり三脚立てたりして、みんなの話聞いたら寂しくなっちまったのか」

「逆」

首を振って、階段を降りて来る勇太を遠目に真弓の声が小さくなる。

「勇太も秀も、同じじゃない。お父さんお母さん、いなくて」

「……ああ」

「いろいろあったけど……今も二人は、やっぱり自分の親がどんな人だったのか、考え続けてる気がする」

「上で、勇太がなんか言ったのか?」

「違うよ。悪い意味じゃなくて、きっと……ずっと、それは終わらないことなんだなって思って。欠けたピースを探すみたいに、いつもどっかで探してる。あったらいいなって、思うのはきっとやめられないんだろうなって。ちょっと思っただけ」

ゆっくりとした真弓の、初めて聞くような大人の声に、大河も、目を伏せてそれを思った。

「それは、俺も感じてた。秀は……今は幸せだけど、それだけはどうしょうもないっつうか」

それを自分がよしと思っていることが真弓に伝わる気がして、大河は末っ子とほとんど初めて対等に口をきいた。

「ないからな、その……欠けたピースは。考え続けるしかない。探し続けるしか」

「そうだね」

「だけどおまえはどうなんだ。そういう気持ち、おまえにだってあるんじゃないのか?」

「だから……ないからさ、多分。二人に、なんか悪いと思ったんだよ。幸せに育っちゃったなあって」

「そうとも……言えねえだろ」

そっと、大河が真弓の背に触れる。

後でどんな影響を人格に及ぼしてもおかしくない筈《はず》の恐怖を、真弓は幼いころに体験しているのにと。

「これは……俺の自己嫌悪の証し。大河兄に、ちゃんとごめんなさいしたことなかったね」

「何言ってんだよ」

少し、真弓は惑った。ふとした弾みだったけれど、背中の傷のことを、きちんと、兄と向き合って話せる日が来るとは、少し前までの真弓は思いもしなかったので。

けれど今がそのときだと、真弓は大河に向き直った。

「大河兄には信じられないかもしれないけど、俺、七歳で、全部わかっててあの男の人についてった。こんな……ことまでされると思わなかったけど、確かにすごく怖かったけど。それよりもっと大きかったのは」

言いながらけれど声が詰まって、どうしようもなく真弓は一度息を飲んだ。

「この傷が大河兄を引き留めたことで。これからは絶対ずっと守るからって、大河兄に言わせたことで」

大河がどんな顔をしているのか、見るのが真弓は怖くて俯《うつむ》く。

「俺、ヤッタって、思ったんだよ……あのとき」

本心を、真弓はようやく伝えた。

それでもいつまでも顔を上げられないでいると、大きな手が、くしゃくしゃと真弓の髪を撫《な》でた。

「馬鹿、そんなの子どもの浅知恵だ。そうさせたのは俺だろうが」

「大河兄……っ」

「七歳の大事な弟、置き去りにして一人にした俺が……毎日毎日おまえが父親と母親だと思ってた姉貴と出てくの出てかないのって大ゲンカしてた俺が、おまえをそこまで追い詰めたんだ」

「なんで!?　俺やっと謝れたのに、大河兄はまだ自分のこと責めるの!?」

摑《つか》みかかるようにして真弓が、もう止めてくれと懇願する。

「……ごめんな。おまえの気持ちは嬉《うれ》しいけどこれは……俺が一生持ってなきゃならないもんなんだ」

「一生って……そんな」

「そう大仰に取るな。おまえが、欠けたピースを探してないってだけで俺は充分だ。本当におまえのことは」

「なんか……」

俯いて真弓は、結局余分なことを言ったと、唇を嚙《か》み締めた。

「俺ばっかり幸せみたいで、悪い。みんなに」

「だから、それが俺たちには救いなんだっつうの。丈までは両親の記憶があって、おまえにだけなくて。ガキだった明信や丈まで、どうしようまゆたんがかわいそうだって、大泣きしてたんだ。だからみんな必死でおまえをかわいがった。それが報われて、みんな嬉しいだけだそんなの」

真っすぐに、すぐに頷《うなず》くのは真弓には難しかったけれど、以前明信がいつまでも自分たちのためにそうしていてくれなくていいんだからと、自分に言った意味が今になって本当にわかった気がした。

「……兄弟、いっぱいいて良かった」

「親父もお袋も、口には出さなかったけどむきになってたからなあ、そればっかりは」

「どういうこと？」

「娘が姉貴一人じゃ、やり切れなかったんだろ。だけどぽんぽん産まれてくんのはみんな男で、そんでもどうしても普通の娘が一人ぐらい欲しかったんじゃねえのか？　生きてたら娘が産まれるまでまた作ってたぞきっと」

「かわいそ……そんで、どんなお父さんとお母さんだったの？」

「んー？　本当に普通としかいいようがねえなあ。まあ、結局俺が」

また三脚に向かって、ようやく人が揃《そろ》って来た居間をファインダー越しに大河が眺める。

「親父にどんどん似て来るって、近所の人はみんな言うぞ。勤め人だったしな」

言われれば神経質にピントを合わせる大河の姿は、ほとんど記憶にない筈の父親の姿と本当にダブッて真弓には見えた。

「お袋に一番似たのは、どう考えても明信だろうなあ。片付け魔で几帳面《きちようめん》で、一番手伝いしたのもあいつだから、お袋のことちゃんと知ってるのは明信かもな。今度聞いてみろ」

丈とまだコタツのことで揉めている明信のことは、考えてみれば真弓も丈もほとんど姉のような存在に捉《とら》えていた。

「明ちゃん、もしかして女の子に生まれて来たらすごく人生楽だったんじゃないのかなあ。兄弟ゲンカとか、やだったろうし。結局お母さんがやるようなこと一番気にしてくれたの明ちゃんだし」

「……学校でも、小中は結構大変そうだったな。勉強はできて生真面目《きまじめ》だけど、男同士はそういうとこ却《かえ》って嫌うしなあ。そうだなあ……明信が女だったら」

巨人の星、の明子《あきこ》姉ちゃんを思い出して、そうすると非常にバランスの取れた兄弟になったのではないかと一瞬二人して想像する。

「いいや駄目だ！　そしたらもうあいつうちにいねえよっ。龍《りゆう》兄の手がついたら今頃嫁に行って孕《はら》んで……っ、なんで大事な妹『木村《きむら》生花店』に嫁にやんなきゃなんねんだよ！　俺はそんなことになったら長男として腹を斬る！」

「大河兄、落ち着いて！　もんのすごい妄想の話だからこれっ」

「ああ……そっかそうだな。あいつは男で良かった。こんな想像明信にも悪い」

そうだと頷いて、無理やり大河は納得しようとしていた。

「だいたい明ちゃんの性格で女の子だったら、夜とか龍兄に近づく筈ないじゃない。男だから無防備に近づいちゃったんでしょ。今の方が結局……」

なのに余計なことを言いかけて真弓は、大河の毛が逆立つのにもう何も言うまいと口を噤《つぐ》む。

けれどその側から、もし、あのときこうだったら、このときこうしていたら、誰かが何かだったらと、沢山の想像が真弓の中を通った。

その想像が少し真弓を怖くするのは、様々な奇跡が重なって今この他愛のない光景があると、知っているからだ。

「がんばらないと……いけないいんだね」

誰にも聞こえない声で、真弓が呟く。

自分は今改めて気づいたけれど、多分みんなよくわかっている。誰かといて、幸せでいるのは、偶然や成り行きだけが齎《もたら》すものではない。

それぞれの、時には力のいる努力がこの喧噪《けんそう》を作っているのだ。

「ちゃんと、がんばろ！」

両手を頭の上で伸びをした真弓の声はことの他大きく響いて、なんだと、みんなが騒ぎの手を止めて振り返る。

「どしたまゆたん」

「何を頑張るの？」

揉めていた二人の兄が、真っ先に尋ねてくれるのに真弓は笑った。

「ほら、これが最後の集合写真になったりしないようにさ。お姉ちゃんからどうやって勇太を守るかそろそろ本気で対策考えないと」

「……俺ほんまにええわ写真。写ったら来年はおらんような気いしてきたで」

「だーいじょうぶ！　みんなで守るからっ」

そんな二人の会話の横で、一人明信が胸を押さえる。

大河と秀のことはどう考えても志麻の策略だったが、他のことは全く想像の範疇《はんちゅう》にない筈だ。ましてや志麻がいなくなる前は明信は龍とは縁遠く、この辺一帯で恐れられている龍が志麻に殺されかけているのを子どものころ明信は目撃している。これが丈ならともかく、志麻にとって自分が、勉強を頑張っていておとなしくて真面目な自慢の、ほとんど妹に近いような存在だったことは明信も自覚していた。

大学に残って助教授ぐらいにはなって、平凡で幸せな結婚をして間違いのない人生を送ると、今も何処《どこ》かで姉は次男を信じているに違いない。

「……どうやって、守り切るつもりなの？　まゆたん」

「あー、そういえば明ちゃんの方が深刻かもねえ。もしかしたら真弓と勇太のことは話せばわかってくれるかもしんないけど」

「ありえん」

「お姉ちゃんが真弓に女物着せたせいで、おかまになっちゃったんだよーとか責任転嫁を考えてる。真弓は今」

「……なるほど」

それはうまい手かもしれないと、横で秀が安易に頷いた。

「だけど明ちゃんは龍兄だもんねえ……龍兄……お姉ちゃん絶対、自分の大事なしかも一番無抵抗そうな弟、やーられちゃったって知ったら……」

「あいつ隅田《すみだ》の底で死ねたらそれでもういいて、なんやこないだあきらめとったで己の命。充分生きたよなあ俺、うん、充分生きたて。なんや自分を納得させるみたいにぶつぶつ言ってた」

「龍ちゃん……」

勇太の言葉に、明信が既に龍が隅田の底に沈んだような気持ちになって目眩《めまい》を覚える。

「毎年花を投げようね……橋の上から」

慰めのつもりなのか、秀がとんでもない止《とど》めを刺した。

「みっ、みんな勇太くんのことは守っても龍ちゃんは守ってくれないの？」

「だって龍兄、オレが殺してーぐれーだもん」

「殺されても仕方ないよー、龍兄ばっかりは。明ちゃんだもん。言い訳する間もなくお姉ちゃんの中では、明信がてごめにされたよりによって龍に！　ってなって隅田にずどんだよ」

「俺、そしたら二人で町を出たらどうやてゆうたけど」

「なんてこと言うんだよ勇太！」

口を挟《はさ》んだ勇太に、丈が声を荒らげる。

「死ぬよりマシやろがー。けど龍は、何処に逃げたって一緒だっちゅうて投げとったわ」

「まあ、姉貴なら地の果てまで追うさ。ほら、縁側に並べ」

いい加減撮らせろと、大河が皆を手で寄せた。

「大河兄、ちゃんと入れるの？」

「タイマー掛ける。親父もそうしてた」

「勇太真ん中入れよ」

けけと、笑って丈が真ん中に勇太を推す。

「縁起悪！　いやや!!」

「大河兄と秀さんが真ん中で、両端が勇太くんとまゆたんでいいじゃない。僕と丈が後ろで」

納まりが良いだろうことを、明信が言った。

「秀さん、そこ座って」

まだ片付けていた秀に、明信が声をかける。

ふっと、真弓と、勇太の目が、秀を追った。

「僕……」

いつの間にか大掃除の風体になっていた秀が、取《と》り敢《あ》えず三角巾《きん》を取る。

「写真苦手なんだけどね」

苦笑して、けれど拒まずにあっさりと、秀は言われた縁側の真ん中に座った。

真弓と勇太が、顔を見合わせて笑む。

後は大河の場所を空けて、それぞれが明信が言った場所に移動する。

「丈の頭が切れるな。ちっと屈《かが》め」

「バース、こっちきいや」

秀の隣に座った勇太が、バースを呼んだ。

「真弓も少し寄れ」

「日が陰るよ、大河兄。フィルムまだあるんだから取り敢えず一枚撮ろうよー」

真弓が言うのにもっともだと思ったのか、大河がタイマーを掛ける。

雪駄《せった》を鳴らして空いた場所に大河が座ったが、ふと気づくと半纏《はんてん》姿で不精髭《ぶしょうひげ》のままだ。

「髭ぐらい剃《そ》って来たら？　大河」

「おまえもその割烹着《かっぽうぎ》取れよ」

「タイマー！　なるってば二人とも！」

服装にケチを付け合い始めた大河と秀に、真弓が身を乗り出す。

「おい、とっとと前向かんと……」

シャッターが降りる、その瞬間に。

「おーい、あまりもんの花持って来たぞ。仏壇に飾れや」

花を抱えた龍があまりにも暢気《のんき》に、裏庭に入って来た。

しんとして皆が、龍に注目する。

「……なんだよ、そんなお揃いで。あ、悪ぃ、写真撮ってたのか。邪魔しちまったな。俺が取り直してやるよ、勘弁しろ」

「今……フレームにはいったな、こいつ」

ふっと、勇太は安堵《あんど》したように笑った。

「ああ、入った」

「間違いねえ」

「龍さん……なんて間の悪い」

「来年は隅田にお花かなー」

勇太の一人死ぬ、の思い込みはいつの間にか皆に伝染していて、明信一人が暗く暗く俯いている。

「だから悪かったって。撮るぞ、笑え」

ファインダーを覗いて、龍が皆の顔をカメラに向けさせた。

「チーズ！」

何故明信以外全員破顔なのかわけを知らない儚《はかな》い龍が、親切にもシャッターを降ろす。

「ま、こんなもんだろ」

二枚もあれば充分と、大河が早々に縁側を立った。

「このまま撮らないと、しばらくフィルムここに入ったままなんじゃないのー？　いっぱい撮ろうよ」

真弓は主張したが、物置は酷い有り様だしコタツ問題は解決していないし、龍は花を生けるしで誰も相手をしてくれない。

「もー。すぐ現像したいとか思わないのかな、みんなは。あ……ねえ、秀！　勇太!!」

その中でも手持ち無沙汰《ぶさた》の二人を、真弓は呼び止めた。

「並んで並んで。この家で親子のツーショット」

「……えー、いいよ僕」

まだ縁側にいた秀が怯《ひる》むのに、真弓と勇太の顔が微《かす》かに曇る。

「……どして」

「だって、もうどう見ても勇太の方が立派になっちゃって。並んでも誰も親子だなんて思ってくれないし、立って撮るのやだからね。勇太の方が背が高いんだもん」

「あほ……」

苦笑して、勇太が秀の隣に座った。

「いっぺんでも人の目に親子やなんて思われたことあるかいな」

「それは……そうだね。そういえば」

「どうでもええことや、そんなん。真弓、撮ってや！」

寄り添って、ぎこちなく抱き合った海をもう思い出すこともしないで、勇太が笑う。

精一杯大人の顔で秀が背を張るのに真弓が吹き出して、それに気づいて秀も笑った。

それが、今は間違いなく親と子の日常で。

後ろに騒ぐ人々の声を聞きながら、二人の写真を、焦らずに真弓がフレームに収めた。

あとがき

大変長らくお待たせしてしまって、本当にごめんなさい。「夢のころ、夢の町で。」です。各方面にご迷惑をかけて、やっとの、発行です。私自身、やっとエンドマークを付けられて本当に嬉しいです。みなさまにも楽しんでいただける内容だといいのですが。

勇太と秀の京都編は、かなり早い段階からぼんやりと話があって、担当様ともいつやりましょうかねえなんて話をしていたのですが、多分「晴天」としてはかなり終盤になってやっとの、京都編ということになりました。結果的にこれで良かったと、私は思ったりしています。

ここまでちらほらと二人の過去のエピソードが出て来て。この辺りまで、大河と秀、勇太と真弓、そして秀と勇太の関係性が書けてからで、良かったなと、そんな気持ちです。

なんとも勇太が書いていてかなり私はしんどく、もうここから先の人生は幸せに過ごして欲しいなと思ったりしますが、もう一山……かな。と、そろそろ志麻を迎えねばならぬ気配も。

書き残したなあと思うのは、町屋住まいにしたのにそこがあまり活きなかったところです。

「勇太、鬼門にそういうもの置いちゃ駄目だよ」

「きっ、鬼門てなんや！」

と、大阪からいきなり京都ど真ん中に来た勇太にはもうあれこれ恐ろしくてしょうがないとか、エピソードも考えていたのですが、話に追われて入る余地が見つかりませんでした。

楽しいエピソードがどうにも少なくて、そういうところも書きたかったな。勇太が落ち着いた後秀が作家になって、月に一度、勇太が本当に地獄を見ながら秀になんとか原稿を書かせる件《くだ》りとか、その辺は機会を見つけて、ショート・ストーリーでも書けたらいいなと思います。

ショート・ストーリーと言えば、なのですが。『Ｃｈａｒａ』本誌十月号か十二月号を買っていただくと、帯刀《おびなた》家のドタバタコメディーCDの、応募者全員サービスの応募券がついています。為替《かわせ》が必要ですが、創刊十周年のお祭り、と思って是非手に入れてください。大河と秀の話を中心に、兄弟と勇太でばたばたと。龍も達也《たつや》も出て来て、さらに普段はないキャストの皆様のフリートークも入っています。是非聴いて欲しいな。

ご迷惑のかけ通しの二宮《にのみや》先生がコミックスのオリジナルで描いてくださった、秀の勇太の布団の端を摑んで眠る癖も書きたかった！　でもきっとこの後ですよね。そんな気がします。逆にインスパイヤされて、本当に私は感謝ばかり。

そして根気よくこの原稿に、本当に夜を徹してつきあってくださった担当の山田さんに、心よりの感謝を。長いこと本当に、ありがとうございました。

後はお待ちいただいた皆様に楽しんでいただけるか、それだけが気掛かりです。

そうあることを、祈りつつ。またお会いできることを願って。


夏を待ちながら、菅野《すがの》　彰《あきら》。

この本を読んでのご意見、ご感想を編集部までお寄せください。

《あて先》〒105－8055　東京都港区芝大門2－2－1　徳間書店　キャラ編集部気付
「夢のころ、夢の町で。」係

■初出一覧

Chara

夢のころ、夢の町で。……【キャラ文庫】

2005年6月30日　初刷

著者　菅野　彰

発行者　市川英子
発行所　株式会社徳間書店
〒105-8055　東京都港区芝大門2-2-1
電話03-5403-4324(販売管理部)
03-5403-4348(編集部)
振替00140-0-44392

印刷・製本　図書印刷株式会社
カバー・口絵　近代美術株式会社
デザイン　海老原秀幸

ISBN4-19-900302-9

好評発売中

菅野 彰の本

【子供は止まらない】

毎日晴天！2

イラスト◆二宮悦巳

保護者同士の同居によって、一緒に暮らすことになった高校生の真弓《まゆみ》と勇太《ゆうた》。家では可愛い末っ子として幼くふるまう真弓も、学校では年相応の少年になる。勇太は、真弓が自分にだけ見せる素顔が気になって仕方がない。同じ部屋で寝起きしていても、決して肌を見せない真弓は、その服の下に、明るい笑顔の陰に何を隠しているのか。見守る勇太は、次第に心を奪われてゆき…!?

好評発売中

菅野 彰の本

毎日晴天！5

「花屋の二階で」

イラスト◆二宮悦巳

シリーズ以下続刊

「なんで僕、ハダカなの!!」大学生の明信《あきのぶ》は、ある朝目覚めて、自分の姿にびっくり。体に妙な痛みが残ってるし、隣には同じく全裸の幼なじみ・花屋の龍《りゅう》が!! もしや酔った勢いでコンナコトに!? 動揺しまくる明信だけど、七歳も年上で昔から面倒見のよかった龍に、会えばなぜか甘えてしまい…。帯刀《おびなた》家長男と末っ子につづき、次男にもついに春が来た!? ハートフル・ラブ♥

好評発売中

菅野 彰の本
【野蛮人との恋愛】
イラスト◆やしきゆかり

帝政大学剣道部の若きホープ・柴田仁《しばたじん》と、東慶大学の期待の新鋭・仙川陸《せんかわりく》。二人は実は、高校時代の主将と副将で、そのうえ秘密の恋人同士。些細《ささい》なケンカが原因で、40年来の不仲を誇る、宿敵《ライバル》同士の大学に敵味方に別れて進学してしまったのだ。無愛想だけど優しい仁とよりを戻したい陸は、交流試合後の密会を計画!! けれど二人の接近を大反対する両校の先輩達に邪魔されて!?

好評発売中

菅野 彰の本
【ひとでなしとの恋愛】

野蛮人との恋愛2

イラスト◆やしきゆかり

大学病院に勤務する柴田守《しばたまもる》は、将来有望な若手外科医。独身で顔もイイけれど、他人への興味も関心も薄く、性格がおつりのくる悪さ。そんな守はある日、怪我で病院を訪れた大学時代の後輩・結川《ゆいかわ》と出会う。かつての冷静で礼儀正しい後輩は、社会に出てから様子が一変!!　投げやりで職を転々とする結川を、守はさすがに放っておけず、なりゆきで就職先の面倒を見るハメに…!?

少女コミックMAGAZINE

Chara［キャラ］

BIMONTHLY 隔月刊

ひとつ屋根の下の恋♡「いそがないで。」

原作 菅野 彰 & 作画 二宮悦巳

百花繚乱!! 学園BOYSサンクチュアリ♡

小田切ほたる［透明少年］

イラスト／二宮悦巳

イラスト／小田切ほたる

……豪華執筆陣……

吉原理恵子＆禾田みちる　桜木知沙子＆穂波ゆきね　峰倉かずや
沖麻実也　麻々原絵里依　TONO　篠原烏童　藤たまき
今 市子　こいでみえこ　新井サチ　反島津小太郎 etc.

偶数月22日発売

投稿小説★大募集

『楽しい』『感動的な』『心に残る』『新しい』小説――

みなさんが本当に読みたいと思っているのは、どんな物語ですか？　みずみずしい感覚の小説をお待ちしています！

•応募きまり•

[応募資格]

商業誌に未発表のオリジナル作品であれば、制限はありません。他社でデビューしている方でもOKです。

[枚数／書式]

20字×20行で50～100枚程度。手書きは不可です。原稿は全て縦書きにして下さい。また、800字前後の粗筋紹介をつけて下さい。

[注意]

①原稿はクリップなどで右上を綴じ、各ページに通し番号を入れて下さい。また、次の事柄を１枚目に明記して下さい。
（作品タイトル、総枚数、投稿日、ペンネーム、本名、住所、電話番号、職業・学校名、年齢、投稿・受賞歴）
②原稿は返却しませんので、必要な方はコピーをとって下さい。
③締め切りは特別に定めません。採用の方にのみ、原稿到着から３ヶ月以内に編集部から連絡させていただきます。また、有望な方には編集部からの講評をお送りします。
④選考についての電話でのお問い合わせは受け付けできませんので、ご遠慮下さい。
⑤ご記入いただいた個人情報は、当企画の目的以外での利用はいたしません。

[あて先]　〒105-8055 東京都港区芝大門2-2-1
徳間書店 Chara編集部 投稿小説係